U0516694

唐宋史料筆記叢刊

儒林公議

〔宋〕田 況 撰
張其凡 點校

中華書局

圖書在版編目(CIP)數據

儒林公議/(宋)田況撰;張其凡點校. —北京:中華書局,2017.1(2025.5重印)
(唐宋史料筆記叢刊)
ISBN 978-7-101-11789-9

Ⅰ.儒… Ⅱ.①田…②張… Ⅲ.筆記小説-小説集-中國-宋代 Ⅳ.I242.1

中國版本圖書館CIP數據核字(2016)第093715號

責任編輯:胡 珂
責任印製:韓馨雨

唐宋史料筆記叢刊

儒林公議

〔宋〕田 況 撰
張其凡 點校

*

中華書局出版發行
(北京市豐臺區太平橋西里38號 100073)
http://www.zhbc.com.cn
E-mail:zhbc@zhbc.com.cn
三河市鑫金馬印裝有限公司印刷

*

850×1168毫米 1/32 · 9¾印張 · 2插頁 · 184千字
2017年1月第1版 2025年5月第3次印刷
印數:3901-4700冊 定價:48.00元

ISBN 978-7-101-11789-9

目録

點校説明……一

卷上……一

1 太祖以主社許太宗……一
2 太宗止蹕常山……二
3 太祖天表神偉……三
4 太祖生而知之……三
5 太祖以興隆學校爲心……四
6 王曾僕射有台宰之量……四
7 楊億與西崑體……五
8 范仲淹富弼初被進用……六
9 太宗勸人忠義爲本……七
10 太宗臨軒放榜……八
11 拓跋元昊初叛命……九
12 韓琦范仲淹在陝西……一一
13 拓跋元昊少好兵……一三
14 拓跋德明承繼遷土宇……一四
15 元昊志在恢拓……一五
16 唃厮囉……一六
17 元昊擾邊……一七
18 耶律阿保機……一八
19 景德初契丹入寇……一八
20 真宗建玉清宫……二〇
21 太宗志奉釋老……二二

22 太宗問杜鎬……二二
23 曹冀王彬……二三
24 曹彬下江南城……二四
25 曹彬居第……二四
26 仁宗廢郭后……二五
27 陳彭年……二六
28 孫奭端儀典正……二七
29 孫奭敦守儒學……二八
30 馮元儒學精深……二九
31 京都國子監……二九
32 盧多遜權謀之士……三一
33 太宗責趙普以下舉將帥……三二
34 太祖密遣人於軍中伺察外事……三二
35 李漢超帥軍於高陽關……三三
36 張詠當太宗朝時望漸高……三三
37 吕蒙正居宰弼……三四
38 雷德驤性剛直……三四
39 張詠守益部……三四
40 王嗣宗卞袞王子輿並命爲三司使……三五
41 太宗任陳恕爲三司使……三五
42 太宗因久旱問用刑……三六
43 祥符中誹毀天書……三六
44 李漢超求益兵……三七
45 張詠在白士間……三八
46 張詠所臨之郡……三九
47 張詠守餘杭……四〇
48 張詠治蜀……四一
49 張詠性剛急……四二
50 楊億不爲利變……四三

51 張詠與楊億頗相知善……四五
52 夏竦拜章求罷兵柄……四六
53 張知白清儉……四八
54 王隨不能拯傷救敝……四九
55 天聖中明肅太后垂簾漸久……五〇
56 吕夷簡王曾同在相府……五三
57 薛奎參預宰政……五四
58 李迪與丁謂……五五
59 范仲淹富弼志欲剗舊謀新……五六
60 夏臺叛命修潼關……五八
61 景德初章聖出兵作樂……五八
62 乾德二年詔舉賢良方正……五九
63 范仲淹帥環慶抗章……六〇
64 寇準丁謂作相……六五

卷下

卷下……六七
65 謝絳……六七
66 范諷……六八
67 張洎獻狀述朝會之制……六八
68 范雍賦詩言夏事……七一
69 馮拯在中書……七三
70 孔道輔急於進用……七三
71 石介作擊蛇笏銘……七三
72 與夏國和議……七六
73 契丹求關南之地……七七
74 富弼使契丹……七八
75 元昊未叛前……八〇
76 翰林學士宋祁言貢舉條例……八一
77 契丹立石晉……八四
78 太宗乘鋭壓其境……八七

79 真宗與北戎修好……八八
80 王曾知審刑院……八九
81 王曾大節邦家賴焉……九〇
82 李昉言都省議事……九二
83 夏寇擾邊……九六
84 契丹開舉選……九六
85 劉筠在翰林守正不爲阿附……九八
86 布衣周啓明……一〇〇
87 江南徐鉉歸朝……一〇〇
88 夏國元昊取契丹女……一〇一
89 范仲淹言吕夷簡出知饒州……一〇三
90 馬亮尚書典金陵……一一一
91 石介專以狂直沽激爲務……一一二
92 曹利用當樞柄……一一三
93 种世衡建清澗城……一一四
94 僞蜀宫詞淫靡艷薄……一二五
95 成都武侯祠前有大柏……一二五
96 王建子衍之滅……一二六
97 程羽守益都……一二七
98 唐劍南西川安撫副使馮涓撰
重起中興草玄寺碑……一二八
99 翰林學士李淑知鄭州爲陳堯
佐寫神道碑文……一二九
100 李嗣源起兵……一二九
101 宋禧侍御史……一三一
102 樞密使安重誨用事……一三一
103 章聖祥符中行封祀之禮……一三一
104 宋庠葉清臣鄭戩及庠弟祁同
年及第而命不同……一三三

附録一　關於儒林公議的版本……一二五
附録二　文臣知兵：宋仁宗朝真樞密——田況……一三三
附録三　詩文輯佚……一八一
附録四　傳記資料與相關詩文……二三三
附録五　題跋與著録……二七三
參考書目……二八九

點校説明

儒林公議二卷，北宋田況撰。田況字元均，冀州信都（今河北冀州市）人。田況曾祖田祐，在後唐末年石敬瑭割讓幽雲十六州時遷於盧龍，遂爲遼國子民；父田延昭，在澶淵之盟前後，自遼國逃歸宋朝，居開封，景德二年（一〇〇五）生田況。田況於宋仁宗天聖八年（一〇三〇）參加科舉考試，殿試高中甲科第五名，授江寧府推官。景祐五年（一〇三八）應賢良方正能直言極諫科考試，入第四等，爲太常丞、通判江寧府。在地方，先後任陝西經略安撫司判官、副使，慶州、秦州、渭州知州，提舉河北便糴糧草，知成德軍，真定府、定州路安撫使，知益州等。在朝廷，曾任右正言、判三司理欠憑由司，知制誥、判國子監，判三班院，權三司使，樞密副使、樞密使。自天聖八年入仕，至嘉祐五年（一〇六〇）以太子少傅致仕，田況爲官三十年。嘉祐八年（一〇六三）二月卒，贈太子太保，享年五十九歲。

田況雖是文臣，但善於解決地方和中央的軍機事務，號稱知兵，是少數比較稱職的樞密院文職長官。有關田況家世及事迹，請參見本書附録二文臣知兵：宋仁宗朝真樞密——田況一文，此不贅。

田況遺留至今的著作，主要是儒林公議兩卷。適園藏書志云：「是書之作，當在守蜀之際。」然儒林公議所記事，似以「吕夷簡、王曾同在相府」條最晚，其中記二人罷相事，據宋史宰輔表，在景祐四年（一〇三七）四月，與儒林公議所叙相合。檢田況履歷，儒林公議的寫定，當在田況權三司使之時。

儒林公議二卷，共計一百四條，上卷六十四條，下卷四十條。書中提及的人物，至少有五十六人。次數較多的有：宋太宗（九次）、張詠（八次）、元昊（六次）、太祖、范仲淹（五次）、真宗、王曾（四次）、富弼、曹彬、楊億（三次）、李漢超、丁謂、石介（兩次），其餘一次提及的有：韓琦、德明、唃厮囉、耶律阿保機、仁宗、陳彭年、孫奭、馮元、盧多遜、吕蒙正、雷德驤、王嗣宗、卞衮、王子輿、夏竦、張知白、明肅太后、吕夷簡、薛奎、李迪、寇準、謝絳、范諷、張洎、范雍、馮拯、孔道輔、宋祁、李昉、劉筠、周啓明、徐鉉、馬亮、曹利用、种世衡、程羽、李淑、李嗣源、宋禧、安重誨、葉清臣、鄭戬等人。其中有關遼國的人、事共計約八次，提及西夏的有十次，合計十八次，在一般宋人筆記中，是記載遼、夏事迹較多的。這與田況自北邊歸宋的家世以及歷任陝西邊防職務的經歷有關。儒林公議所記諸事，多有所據，翔實可信，允稱宋人説部中之翹楚，極具價值。其中有關遼與西夏的記述，常爲研究者引用。

儒林公議現存之最早版本，據增訂四庫簡明目録標注，乃明代嘉靖庚戌（二十九年，一五五〇）刊本。傅增湘藏園群書經眼録著録此本，但未注見於何處。近年所編中國善本書目等書，均未著録此本。今可見儒林公議最早之刊本，爲明萬曆年間商濬所刻稗海本。北京國家圖書館所藏稗海本，乃傅增湘據蔣氏密韻樓藏明天一閣舊藏明寫本校過的本子。一九三七年，王雲五編叢書集成初編，收入儒林公議一書，據稗海本排印出版，學者習見。但實際上叢書集成初編並非全據稗海本，一方面改正了一些錯誤，另一方面又出現了新的錯誤。稗海本實多舛誤（詳見附録一關於儒林公議的版本），故不能作爲底本。

本書尚有四庫全書本和清胡珽跋明許氏舊抄本，見於中國善本書目與北京圖書館古籍善本書目。此次點校，以四庫全書文淵閣本爲底本，以明抄本與稗海本爲主要對校本。傅增湘校書成果，亦儘量採用。

儒林公議一書，稗海本分爲二卷，四庫本與明鈔本均作一卷。今依稗海本，仍分作上下兩卷，共二百零四條。本書各條原無標題，現據其内容，各擬標題，並編入目録。

田況其他著述，共有三種：據宋史藝文志，有田況文集三十卷，田況策論十卷；據文獻通考經籍考史部故事類，有皇祐會計録六卷，今俱不存。隆平集與東都事略提及的好名、朋黨二論，好名論尚存，見於續資治通鑑長編等處；朋黨論則未見。宋詩紀事記載田況有「金巖集」，並收入集中數首詩，但遍檢諸書，未見金巖集的著録，其所收五首詩，均見於成都文類。謹據全宋文、全宋詩等書輯出田況詩文，收入附録三，並據出處略加校正。相關傳記資料與著録、題跋，儘量搜羅，編入附録四、附録五中。主要引用書目版本附於書後，以爲「參考書目」。

本書録入，端賴河南大學博士後惠冬、暨南大學碩士生許起山二人協助，謹此誌謝。

本書不當之處，期待指正。

張其凡

二〇一四年元月二十日於廣州暨南花園

卷上

1 太祖以主社許太宗

太祖承五代易姓之後，知人心未固，以太宗身試囏危，有英睿之斷，可以主天下〔一〕，故居常以主社許之。一日，太宗被疾憊甚，車駕幸其邸，勉令灼艾，因自指所御赭袍示之，曰：「此當付誰耶？」〔二〕末年〔三〕，友愛彌篤，終以大寶授之。太宗纂嗣，下河東，海內生靈寢安，不知有他姓矣。大哉聖人之烈也〔四〕！舍其子而立其弟，以公天下，追惟堯、虞之心〔五〕，豈遠是道哉〔六〕！

校勘記

〔一〕可以主天下　「主」，稗海本、小說本作「王」。

〔二〕此當付誰耶　「付誰」，稗海本、小說本作「誰着」。

〔三〕末年　傅校作「末後」。

〔四〕大哉聖人之烈也 「之烈」，明抄本同，稗海本作「之治」。
〔五〕追惟堯虞之心 「虞」，稗海本、小説本作「舜」。「心」，傅校作「君」。
〔六〕「太宗纂嗣」至「豈遠是道哉」二句，原排於下條，據稗海本、明抄本、小説本改。

2 太宗止蹕常山

太宗下河東回，止蹕常山，謀伐幽薊。及不利，班師，遂留駕前刻漏及渾儀於行宫，蓋深憤醜虜憑陵〔一〕，志在必復疆宇，以拔生民，抑亦示艱難於子孫也。慶曆甲申歲，予既平保塞叛卒〔二〕，留治常山〔三〕，繕葺宫殿，藻堊一新，宴殿特瓌壯，兩廡修敞，不減京都集英制度，蓋宴犒軍校之所也。

校勘記

〔一〕蓋深憤醜虜憑陵 原作「蓋深憂契丹强盛」，據稗海本、明抄本、小説本改。
〔二〕予既平保塞叛卒 稗海本、小説本無「予」字。
〔三〕留治常山 「治」，稗海本、小説本作「住」。

3 太祖天表神偉

太祖天表神偉，紫𩯭而豐頤，見者不敢正視。李煜據江南，有寫御容至僞國者〔一〕，煜見之，日益憂懼，知真人之在御也。

校勘記

〔一〕有寫御容至僞國者　「僞」，傅校作「其」。

4 太祖生而知之

太祖既下江南，得徐鉉、湯悦、張洎輩，謂之曰：「朕平金陵，止得卿輩爾。」因問曰：「朕何如卿國主？」張洎對曰：「陛下生而知之，國主學而知之。雖學知與生知不同，然其知一也。」〔一〕

校勘記

〔一〕雖學知與生知不同然其知一也　明抄本作「雖學與生知不然同其知一也」。

5 太祖以興隆學校爲心

太祖少在兵戎間，累著戰功，以至得天下，然以興隆學校爲心。京師建國子監，每輿駕親臨〔一〕，以觀其役。識者知太平之有漸矣。

校勘記

〔一〕每輿駕親臨　「輿」，傅校作「大」。

6 王曾僕射有台宰之量

王曾僕射有台宰之量，每進擢時材，不欲人歸恩在己〔一〕。初參大政，嘗薦蘇維甫者〔二〕，可當煩使。維甫至京師，屢造其門，不敢輒干以私〔三〕。一日，久奉朝請，資用已乏。

因旬澣詰旦詣公〔四〕，語餘遂及身計，公答以他辭〔五〕。維甫退所館，已有特敕者在門，乃新命江淮都大發運使，實朝行之極選也，乃王公九日所署敕也。維甫慚歎久之。其它事多類此。范仲淹被遇極深，嘗贊之曰：「久當朝柄，未嘗樹私恩，此人之所難也。」公曰：「恩若自樹，怨使誰當？」識者以爲明理之言〔六〕。

校勘記

〔一〕不欲人歸恩在己　「在」，傅校作「於」。

〔二〕嘗薦蘇維甫者　「維」，稗海本作「惟」。本條中此字皆同。

〔三〕不敢輒干以私　「干」，稗海本作「語」。

〔四〕因旬澣詰旦詣公　「詰」，稗海本作「吉」，明抄本作「詣」。

〔五〕公答以他辭　「辭」，傅校作「詞」。

〔六〕識者以爲明理之言　「明」，傅校作「名」。

7　楊億與西崑體

楊億在兩禁，變文章之體，劉筠、錢惟演輩皆從而斆之，時號「楊劉」。三公以新詩更相屬和，極一時之麗。億乃編而敘之〔一〕，題曰西崑酬唱集。當時佻薄者謂之「西崑體」。其它賦頌章奏，雖頗傷於雕摘，然五代以來蕪鄙之氣，由兹盡矣。陳從易者，頗好古，深擯億之文章，億亦陋之。天禧中，從易試别頭進士，策問時文之弊，曰：「或下俚如皇荂〔二〕，或叢脞如急就。」億黨見者，深嫉之。近山東石介，嘗作怪説以詆億。其説尤甚於從易，謂億刓鏤聖人之經〔三〕，破碎聖人之言，欲盲聾天下耳目，謂吾學聖人之道，有攻之者，不可不反攻之。譬諸盜入主人家，奴尚爲主人拔戈持矛以逐盜，死且不避，豈至是耶。

校勘記

〔一〕億乃編而叙之　「乃編而叙之」，稗海本作「復編叙之」。「叙」，傅校作「集」。

〔二〕或下俚如皇荂　「俚」，原作「里」，據明抄本改。「皇荂」，原作「皇夸」，稗海本作「會秤」，明抄本作「會称」，按皇荂乃古代通俗歌曲名。

〔三〕謂億刓鏤聖人之經　「經」，稗海本作「言」。

8　范仲淹富弼初被進用

范仲淹、富弼初被進用，鋭於建謀作事，不顧時之可否。時山東人石介方爲國子監直講，撰慶曆聖德詩以美得人，中有「惟仲淹、弼，一夔一契」之句，氣類不同者，惡之若仇。未幾，謗訾群興，范、富皆罷爲郡，介詩頗爲累焉。

9 太宗勸人忠義爲本

自朱梁至郭周五十餘年，凡五易姓，天下無定主。文武大臣，朝比肩，暮北面，忠義之風蕩然矣。太祖皇帝天啓神贊，舉無遺算，開端創制，事未成就，遂厭區夏。太宗皇帝以親邸勳望〔一〕，紹有大統，深懲五代之亂，以刷滌污俗，勸人忠義爲本〔二〕。連闢禮闈，收采時俊，每臨軒試士〔三〕，中第者不下數百人。雖俊特者相踵而起，然冗濫亦不可勝言，當時議者多以爲非古選士之法。故真皇嗣位之初，王禹偁首上疏言得失，謂舉選非天子親臨之事，請以歸有司。然太宗滌污革舊，一新簪笏，則明者亦默知其意焉。

校勘記

〔一〕太宗皇帝以親邸勳望　「親」，稗海本作「新」。

〔二〕勸人忠義爲本　「忠義」，明抄本作「忠一」。

〔三〕每臨軒試士　「臨軒試士」，明抄本作「臨試軒墄」。

10 太宗臨軒放榜

太宗臨軒放榜，三五名以前皆出貳郡符，遷擢榮速。陳堯叟、王曾初中第，即登朝領太史之職，賜以朱韍。爾後狀元登第者，不十餘年，皆望柄用。人亦以是爲常，謂固得之也。每殿庭臚傳第一，則公卿以下無不聳觀，雖至尊亦注視焉。自崇政殿出東華門，傳呼甚寵，觀者擁塞通衢，人摩肩不可過，錦韉繡轂，角逐争先，至有登屋而下瞰者，士庶傾羡〔一〕，讙動都邑。洛陽人尹洙，意氣横躒，好辯人也，嘗曰：「狀元登第，雖將兵數十萬〔二〕，恢復幽薊，逐彊虜於窮漠〔三〕，凱歌勞還，獻捷太廟，其榮亦不可及也。」

校勘記

〔一〕士庶傾羡　「士庶」，稗海本、明抄本作「庶士」。

〔二〕雖將兵數十萬　「十」，原作「千」，據明抄本及傳校改。

〔三〕逐彊虜於窮漠　「虜」，原作「敵」，據稗海本、明抄本改。

11 拓跋元昊初叛命

寶元初〔一〕，拓跋元昊初叛命〔二〕，遣人詣闕，表言諸蕃推奉，求朝廷真册。議者雜然，莫知所從。時張士遜、章得象當相柄，陳執中、張觀輩筦樞極，皆謂小羌不足憂，遂拒絶之。乃命夏竦帥涇原、秦鳳，治回中，范雍帥鄜延、環慶，駐高奴，並擁節鉞。雖城洫未完，兵力尚寡，然元昊戒其下〔三〕，未嘗小有侵軼，蓋不欲曲之在己也。竦諜知其情，堅守不動，元昊亦踰年不敢輒侵其疆。雍守延既久，以謂羌真小而怯也，屢遣裨校率兵縱掠〔四〕。元昊既忿，且以爲辭，遂併集醜類〔五〕，入寇延安，乘虚直逼城下。人心震揺，懼必不守。雍檄召劉平自他道出華池赴援。平素輕敵，又兼程而趨，士卒不得休息，及與賊遇，率其下大呼力戰，賊亦少却。裨將郭遵驍雄絶倫，躍馬蹀陣〔六〕，所向披靡。然賊衆十餘萬〔七〕，平與石元孫兵不滿三萬。賊又委老弱及牛馬以餌之，諸軍争功蹂亂，無復行列。賊乃盡鋭乘之，平等大敗，生爲賊縶。自爾賊勢雄張，官軍懾矣。後一年，任福戰没於鎮戎軍之好水川。又一年，葛懷敏陷於定川〔八〕，偏將以下，獲全者鮮，皆舉軍敗覆，窮蹙奔潰，誠可痛也。當劉平之戰也，尚斬馘千餘級〔九〕，任福亦傷夷敵人數百，至懷敏則束手就殪，如投陷穽焉。時吕夷簡復居相位，語人曰：「一戰不及一戰。」吁！可駭也。豈承平日久，將卒不練，以至是歟？抑將天假羌酋以爲國患也〔一〇〕？

校勘記

〔一〕寶元初 「初」，稗海本、明抄本作「於」。

〔二〕拓跋元昊初叛命 「拓跋」，稗海本作「拓跋夏」。

〔三〕然元昊戒其下 「戒」，稗海本作「戍」。

〔四〕屢遣裨校率兵縱掠 「掠」，傅校作「略」。

〔五〕遂併集醜類 「醜類」，原作「部落」，據稗海本、明抄本改。

〔六〕躍馬蹀陣 「蹀」，明抄本作「轢」。

〔七〕然賊衆十餘萬 「十」，稗海本作「千」。

〔八〕葛懷敏陷於定川 「葛懷敏」，稗海本作「郭懷敏」。按宋史卷十一仁宗三、卷二百八十九葛懷敏傳，當作「葛懷敏」。「定川」，原作「定州」，據宋史卷二百八十九葛懷敏傳改。

〔九〕尚斬馘千餘級 「級」，明抄本作「及」。

〔一〇〕抑將天假羌酋以爲國患也 「抑」，原無，據明抄本補。

12 韓琦范仲淹在陝西

康定辛巳歲，韓琦爲陝西經略安撫副使，尹洙爲判官，同詣闕，獻入攻元昊之策，欲自鄜延、涇原兩路出師。夏竦作大帥〔一〕，意不甚主。時吕夷簡居上弼，天下之務，一斷於己。杜衍方副位樞地，深以入攻爲非。吕因謂人曰：「自劉平敗覆以來，言羌事者，人人震怯。今韓、尹健果如此，豈可沮之也？」然吕不計事之可否，而但持此説，識者非之〔二〕。韓、尹既遂請，即馳馹而西〔三〕，自畿甸近郡邑市驢乘車須入關〔四〕，道路擁塞，曉夜不絶。其諸用度，盡於關中括取，州縣不勝其擾。范仲淹雖與琦同副帥任〔五〕，已專守延安，不預此議。及師舉有期，仲淹固執不可。洙徑走延安，見仲淹，圖爲協力，仲淹終不從。琦已駐鎮戎軍，召諸路將佐，聚兵數萬〔六〕，爲出討之計。元昊遂併兵來寇，欲逆折官軍之鋒。琦謂諸將曰：「今勇將鋭師，悉萃於此，而賊輒來犯，其勝必矣。」將佐皆庸人，無謀慮，賊又羸形誘之，時委老弱牛畜，令官軍俘獲〔七〕，衆益喜，貪功不可遏。琦在壁中，左右争請行，亦有不白而去者，追奔逐北〔八〕，惟恐後時。任福輩竟至好水川〔九〕，賊所伏勁兵，由四山而下〔一〇〕，不可勝數，煙塵坌合，前後相失，官軍圍蹙其中〔一一〕，無復行陣。流矢如雨，殺聲震地，任福而下，將佐死者五十餘人〔一二〕。如王珪、桑懌者，皆驍勇，可備指蹤，是日皆不免，人頗惜之。將作監丞耿傅[一三]，洙友也，力薦於琦，使預謀議。是役也，傅從福督戰，深爲衆所歸咎，然傅亦死於陣。洙乃作憫忠、辨誣二文，以排衆説。後洙以他事被鞫[一四]，言事者復攻二文欺衆，然事往積歲[一五]，不復窮考，洙亦自以他罪譴焉。

校勘記

〔一〕夏竦作大帥　「大帥」，原作「太帥」，據明抄本及傅校改。

〔二〕識者非之　「識」，傅校作「議」。

〔三〕即馳駔而西　「駔」，稗海本作「驛」。

〔四〕自畿甸近郡邑市驢乘車須入關　「邑」，原作「配」，「車」，原作「軍」，據傅校改。

〔五〕范仲淹雖與琦同副帥任　「任」，傅校作「在」。

〔六〕聚兵數萬　原無「聚」字，據稗海本補。

〔七〕令官軍俘獲　「俘獲」，稗海本作「將獲」。

〔八〕追奔逐北　「追」，稗海本作「遠」。

〔九〕任福輩竟至好水川　「輩」，稗海本作「奔走」。

〔一〇〕由四山而下　「下」，稗海本作「出」。

〔一一〕官軍圍蹙其中　「圍蹙」，稗海本作「圍塞」。

〔二〕將佐死者五十餘人　「五十」，明抄本作「十五」。

〔三〕將作監丞耿傳　「耿傳」，原作「耿傳」，據明抄本及傳校改。下同。按宋史卷二百九十五尹洙傳、卷三百二十五耿傳傳、卷四百八十五外國一夏國上，俱作「耿傳」。

〔四〕後洙以他事被鞫　「他事」，原作「他罪」，據明抄本、傳校改。

〔五〕然事往積歲　稗海本「然」後衍「人衆」二字。

13 拓跋元昊少好兵

拓跋元昊少好兵，父德明時，將兵破甘、涼，其可汗自焚，乃俘其妻孥以歸。自是益喜戰，勢亦漸盛。德明死，繼拔甆牛京哥城〔一〕，唃厮囉雖遇敵力戰，元昊所部亦傷殁者衆，然大勢已衂，遂南徙歷精城〔二〕，文法寖弱矣。又其子瞎氊、摩氊角皆叛其父自立〔三〕。摩氊角素依首領郢成俞龍爲謀主，俞龍復納女於元昊子寧令〔四〕，僞號梁王者，由是唃厮囉常憂禍發肘腋，意益衰怯矣。

校勘記

〔一〕繼拔甆牛京哥城　「甆牛京哥城」，稗海本作「甆牛京哥城」。

〔二〕遂南徙歷精城　「城」，原作「誠」，據傳校改。

〔三〕又其子瞎氊摩氊角皆叛其父自立　「皆」，稗海本作「背」。

〔四〕俞龍復納女於元昊子寧令　明抄本作「俞龍復納内於元昊子寶令」。

14 拓跋德明承繼遷土宇

拓跋德明承繼遷土宇〔一〕，志在自守，然其下部族，時亦寇鈔邊境〔二〕，及公移究詰，則陽言不知〔三〕。朝廷惟務含貸，以存大體。其號令部署、宫室旌旗，一擬王者。每朝廷使至，則撤宫殿題榜，置於廡下，使輶始出餞館〔四〕，已更赭袍，鳴鞘鼓吹導還，殊無畏避。一旦貢表求封册，廟論乃責以藩臣之禮，欲必行天誅，何不思之甚也！

校勘記

〔一〕拓跋德明承繼遷土宇　「土宇」，原作「玉宇」，明抄本同。據稗海本改。此條原與上條爲一條，據稗海本分爲兩條。

〔二〕時亦寇鈔邊境　「時亦」，稗海本作「亦時」。

〔三〕則陽言不知　「陽」，傅校作「佯」。

〔四〕使輶始出餞館　「始」，稗海本作「治」，傅校作「姑」。

15 元昊志在恢拓

元昊既志在恢拓〔一〕，數侵諸蕃境土〔二〕，鄰敵怨之〔三〕。常選部下驍勇自衛〔四〕，分爲十隊，隊各有長：一妹勒〔五〕，二浪訛遇移，三細賞香埋〔六〕，四里里奴〔七〕，五雜熟屈得雞〔八〕，六隈才浪羅，七細母屈勿，八李訛移巖名〔九〕，九細母嵬名，十没羅埋布。每出入，前後環擁，設備甚嚴。又分兵爲左右厢，諸酋各選精騎，目爲生剛捉生。其厢左距契丹，右抵甘州，有野利、剛浪崖、遇乞三將，號爲謀勇者。人或告其有異志〔一〇〕，元昊並誅之，而勢亦不衰。朝廷東自麟府，西極秦隴，開五路帥府，儲衆兵以守之〔一一〕。元昊入寇，常併兵一路而來。諸路兵勢隔遠，不能救援，故敗者數焉。加之儲峙供億〔一二〕，中外殫耗，是以議者欲亟與之和，苟紓一時之弊。

校勘記

〔一〕元昊既志在恢拓　「既志」，傅校作「志既」。

〔二〕數侵諸蕃境土　「諸蕃」，稗海本作「諸藩」。

〔三〕鄰敵怨之　「鄰敵怨」，稗海本作「鄰國數怨」。

〔四〕常選部下驍勇自衛　「常」，稗海本作「長」。

〔五〕一妹勒　「妹勒」，稗海本作「妹勤」。

〔六〕三細賞香埋　「細賞香埋」，稗海本作「細賞者埋」，明抄本作「細賞香理」。

〔七〕四里里奴　「里里奴」，稗海本作「五里奴」。

〔八〕五雜熟屈得雞　「雜熟屈得雞」，稗海本作「雜熟屈則鳩」。

〔九〕八李訛移巖名　「李訛移巖名」，傅校作「李吪移巖名」。

〔一〇〕人或告其有異志　「告其」，稗海本作「言皆」。

〔一一〕儲衆兵以守之　「儲」，原作「諸」，據稗海本改。

〔一二〕加之儲峙供億　「儲峙供億」，稗海本作「儲峙供餉」，明抄本作「儲倚供億」。

16 唃厮囉

天禧中，西蕃酋領李遵及郢城温共迎唃厮囉爲主〔一〕，以興文法，遂逼秦州。時曹瑋作州帥，逆戰於三都谷〔二〕，蕃衆大敗，自後不敢復寇漢境。唃氏後迎李遵、郢城温殺之，又爲拓跋元昊侵逼，文法終不能盛。朝廷假以節旌〔三〕，歲有賜予，唃氏亦時遣人朝貢。

校勘記

〔一〕西蕃酋領李遵及郢城温共迎唃厮囉爲主　「及」，稗海本作「反」。

〔二〕逆戰於三都谷　「谷」，稗海本作「各」。

〔三〕朝廷假以節旌　「假以節旌」，稗海本作「假以旌節」，明抄本作「加以節旌」。

17 元昊擾邊

康定初，元昊擾邊，官軍覆没〔一〕。屯田員外郎劉涣抗章請使唃氏，令率衆擊元昊，以分兵勢。自秦州踰四旬方達唃氏所，道路艱危，非貨不行。既見，倨慢，殊無外臣之禮，逼涣拜之，加以言語不通，朝旨不能悉達〔二〕，徒捐金繒數萬而還。議者以謂唃氏危窘，自固不暇，豈能爲朝廷困元昊哉？涣策疏矣。

校勘記

〔一〕官軍覆没　「覆没」，稗海本作「顛覆」。

〔二〕朝旨不能悉達 「朝旨」，稗海本作「朝音」。

18 耶律阿保機

契丹耶律阿保機之興也〔一〕，其志甚侈，嘗得中國錦綺，以其尤精緻者藉地，令牧豎污踐之。親近者或問其故，曰：「我國家他日富盛，此曹固踐之也。」迹其貪冒之性，豈易饜哉！

校勘記

〔一〕契丹耶律阿保機之興也 「耶律阿保機」，原作「耶律安巴堅」，據明抄本改。

19 景德初契丹入寇

景德初，契丹入寇〔一〕，車駕幸澶淵。上未嘗親御軍旅〔二〕，意甚懼。比及河橋，欲遂止澶之南壘。時寇準作相，高瓊居親衛，力勸上過北城。上乃躬擐金甲，登堞，號令諸軍，既四顧〔三〕，滿野皆胡騎〔四〕，益不自安。準指麾言論自若，上亦深倚之。陳堯叟本蜀人，勸上西巡成都〔五〕；王欽若南士，謀幸金陵。準曰：「皆可斬。」及虜寇講和〔六〕，車駕還京師，準之功無與二，準亦豪俊自負，欽若輩深嫉之。一日，欽若因論澶淵事，曰：「城下之盟，古所深耻。今陛下初御海内，爲夷狄陵侮〔七〕，亦不幸爾。」上曰：「爲之奈何？」欽若曰：「非天表瑞貺，盛儀畢備〔八〕，則無以聳敵人而掩兹醜。」由是，上志在奉符瑞，勒功岱嶽，以誇戎夏〔九〕，丁謂輩遂從而希合之。加以承祖宗恭儉之餘，帑藏充牣，内外寶貨，不可勝計。洎封祀禮畢，玉清、景靈、會靈三宮觀成，國力爲之耗竭。用事之官，賞賚千萬〔一〇〕，近世以來未有也。

校勘記

〔一〕契丹入寇　「入寇」，原作「南侵」，據稗海本、明抄本改。

〔二〕上未嘗親御軍旅　「軍旅」，稗海本作「軍戎」。

〔三〕既四顧　「既」，傅校作「既而」。

〔四〕滿野皆胡騎　「胡騎」，原作「敵騎」，據稗海本、明抄本改。

〔五〕勸上西巡成都　「西巡」，稗海本作「西幸」。

〔六〕及虜寇講和　「虜寇」，原作「契丹」，據稗海本、明抄本改。

〔七〕爲夷狄陵侮　「夷狄」，原作「敵人」，據稗海本、明抄本改。「陵侮」，明抄本作「淩侮」。

〔八〕盛儀畢備　「備」，明抄本作「講」。

〔九〕以詩戎夏　「戎夏」，原作「中外」，據稗海本、明抄本改。

〔一〇〕賞賚千萬　稗海本作「賞賚金錢幾千萬」。

20 真宗建玉清宫

真宗建玉清宫，自經始及告成，凡十四年。其宏大瓌麗，不可名似。遠而望之，但見碧瓦凌空，聳耀京國。每曦光上浮，翠彩照射，則不可正視。其中諸天殿外〔一〕，二十八宿亦各一殿。楩柟杞梓，搜窮山谷；璇題金榜，不能殫紀；朱碧藻繡，工色巧絶〔二〕；薨栱欒楹，全以金飾。入者驚怳褫魄〔三〕，迷其方向。所費鉅億萬，雖用金之數，亦不能會計。天下珍樹怪石，内府琦寶異物，充牣襞積〔四〕，窮極侈大。餘材始及景靈、會靈二宫觀，然亦足冠古今之壯麗矣。議者以謂玉清之盛，開闢以來未始有也〔五〕，阿房、建章固虚語爾。天聖歲六月中宵，暴雨震電〔六〕，咫尺語不相聞，俄而光照都城如晝。黎明，宫災無餘，大像穹碑，悉墜煨燼，見者無不駭歎。明肅太后垂簾，對兩府大臣雨泣〔七〕，追念先志，罷宫使王曾相柄〔八〕，黜判官翰林學士宋綬歸西垣，授夏竦以修宫使，力期興復，議論諠然，言事者亦競進説。知難復，乃止。

校勘記

〔一〕其中諸天殿外　「天殿」，明抄本作「大殿」。

〔二〕工色巧絶　「工色」，傅校作「五色」。

〔三〕入者驚悦褫魄　「者」，稗海本作「見」。

〔四〕充牣襞積　「充牣」，明抄本作「完牣」。

〔五〕開闢以來未始有也　「未始」，稗海本作「未之」，傅校作「未之始」。

〔六〕暴雨震電　「暴雨」，傅校作「暴風雨」。

〔七〕對兩府大臣雨泣　「雨」，稗海本作「而」。

〔八〕罷宫使王曾相柄　「相柄」，稗海本作「柄相」。

21 太宗志奉釋老

太宗志奉釋老，崇飾宫廟。建開寶寺靈感塔以藏佛舍利〔一〕，臨瘞，爲之悲涕。興國寺搆二閣，高與塔侔，以安大像。遠都城數十里已在望，登六七級，方見佛腰腹〔二〕。佛指大皆合抱，觀者無不駭愕。兩閣之間〔三〕，通飛樓爲御道。麗景門内創上清宫，以尊道教，殿閣排空〔四〕，金碧照耀，皆一時之盛觀。自景祐初至慶曆中，不十年間，相繼災燬〔五〕，略無遺焉。有爲之福〔六〕，如是其效乎？

校勘記

〔一〕建開寶寺靈感塔以藏佛舍利　「佛」，稗海本作「師」。

〔二〕方見佛腰腹　「佛腰腹」，稗海本作「佛殿腰腹」。

〔三〕兩閣之間　「之間」，稗海本作「又開」。

〔四〕殿閣排空　「殿閣」，稗海本作「殿塔」，傅校作「樓閣」。

〔五〕相繼災燬　「災燬」，明抄本作「災甾」。

〔六〕有爲之福　「有」，稗海本作「欲」。

22 太宗問杜鎬

太宗嘗問杜鎬曰〔一〕：「今人皆呼朕爲官家，其義未諭，何謂也？」鎬對曰：「臣聞三皇官天下，五帝家天下。考諸古誼，深合於此。」上甚悦其對。

校勘記

〔一〕太宗嘗問杜鎬曰　「問」，稗海本作「謂」。

23 曹冀王彬

曹冀王彬遭會興運，勳效寖著。諸將平蜀，競掠財貨〔一〕，彬獨不犯纖忽，由是太祖益知之〔二〕。性兢畏不伐，破僞唐迴，入都城，令監門者但報自江南勾當公事回。及勳望日隆，名寵亦峻〔三〕，愈謙下誠懼〔四〕，以保禄位。每出鎮藩閫，卑躬待士。遇計臺巡視封部，雖朝籍省部位至下者，亦屏遠從者，端笏迓於路左〔五〕。使者見之，無不愧恐。賓僚或有以過禮爲言，彬曰：「上使此人來窺我爾。」其畏愓如此。子孫知義方者，亦能遵其家法。

校勘記

〔一〕競掠財貨　「財貨」，稗海本作「財寶」。

〔二〕由是太祖益知之　「知」，傅校作「重」。

〔三〕名寵亦峻　「亦」，稗海本作「益」。

〔四〕愈謙下誡懼　「誡懼」，稗海本作「謹懼」。

〔五〕端笏迓於路左　「迓於路左」，傅校作「迎於路側」。

24 曹彬下江南城

曹彬下江南城，李煜面縛，就彬請命。彬謂之曰：「國主可歸宮，厚有裝橐〔一〕，以備歸朝。」煜深德之。諸將爭言不可，蓋懼其或自引決爾。彬徐曰：「無畏。彼若能死，則豈復忍恥以見吾輩耶？」畢如其言，衆皆服其識量〔二〕。

校勘記

〔一〕厚有裝橐　「裝橐」，稗海本作「裝蓄」。

〔二〕衆皆服其識量　「皆」，傅校作「始」。

25 曹彬居第

曹彬居第卑陋，未嘗修廣，蓋深懼侈滿，安於儉德。臨終，誡諸子曰：「慎不得修第。」

厥後遵其遺訓，無敢踰者。及中宫升儷，門户翕赫，里巷之間，輿馬填牣，亦止加丹堊而已。噫！夫人欲之縱，由外物之侈也。據廣侈之居以養氣體，則儉菲之奉不能充，理勢然矣。矧子孫被華腴之廕，不知艱苦者哉！其致滿覆也，必矣〔一〕。如曹王之保家訓後〔二〕，可以爲富貴之師乎！

校勘記

〔一〕其致滿覆也必矣　「也必矣」，稗海本作「無惑也」。

〔二〕如曹王之保家訓後　「曹王」，傅校作「冀王」。

26 仁宗廢郭后

上既廢郭后，群臣無敢言者。時孔道輔爲御史中丞，范仲淹居諫職〔一〕，知不可以片言奪〔二〕，乃相與率臺諫若干人〔三〕，伏閤拜疏。上遣詣中書，諭以廢意。時李迪在相位，謂道輔曰：「廢后，古亦有之矣。」道輔對曰：「今天子神聖，相公當以堯、舜之道佐之，奈何引古者失道之君廢后事以爲證也！」迪甚慚〔四〕。道輔、仲淹皆黜補郡，餘皆罰金而已。疏云：「君者，天下之父也；后者，天下之母也。天下之母可以無罪而廢，是天下之父亦可以無罪而廢也。」此仲淹之辭。

校勘記

〔一〕范仲淹居諫職　「居諫職」，傅校作「爲諫官」。

〔二〕知不可以片言奪　「片言」，稗海本作「偏言」。

〔三〕乃相與率臺諫若干人　「若干人」，稗海本作「合入」，明抄本作「合千人」。

〔四〕迪甚慚　「甚慚」，稗海本作「由是怒」。

27 陳彭年

陳彭年被章聖深遇，每聖文述作，或俾彭年潤色之〔一〕。彭年竭精盡思，以固恩寵，贊佞符瑞，急希進用。當其役慮時，隨寒暑燥濕不知也。有高信臣者，其中表也，館於其家。見彭年足疾甚，每自朝歸第，則亟就書室，嘿坐端慮，或呼婢僕脱靴，則瘡膿霑漬〔二〕，亦不自苦，少求休息。一日旬澣〔三〕，乘間步於廊廡〔四〕，忽見紅英墮地〔五〕，訝曰：「何花也？」左右對曰：「石榴花耳。」彭年曰：「此有榴樹耶？」乃彌年所居之僦地也。其鋭進如此〔六〕。

時人目爲「九尾狐」，言其才可謂國祥〔七〕，而媚惑多岐也。乃參毗宰政，未幾而亡。

校勘記

〔一〕或俾彭年潤色之　「潤色」，稗海本作「潤飾」。

〔二〕則瘡膿霑漬　「則」，傅校作「而」。

〔三〕一日旬澣　「一日」，稗海本作「十日」。

〔四〕乘間步於廊廡　「間」，稗海本、明抄本作「閑」。

〔五〕忽見紅英墮地　「墮」，傅校作「墜」。

〔六〕其鋭進如此　「鋭進」，明抄本作「晚進」。

〔七〕言其才可謂國祥　「才可謂」，稗海本作「非」，傅校作「才可爲」。

28 孫奭端儀典正

孫奭起於明經，敦履修潔，端儀典正〔一〕，發於悃愊。章聖崇奉瑞貺，廣構宫殿，以夸夷夏〔二〕。奭累疏切諫，上雖不能納用，而深憚其正。疏語有「國之將興，聽之於人；國之將亡，聽之於神」。其忠朴如此〔三〕。

校勘記

〔一〕端儀典正　「儀」，原作「議」，據稗海本、明抄本改。

〔二〕以夸夷夏　「夷夏」，原作「四方」，據稗海本、明抄本改。

〔三〕其忠朴如此　「忠」，明抄本作「中」。

29 孫奭敦守儒學

孫奭敦守儒學，務去浮薄。判國子監積年，討論經術，必詣精緻〔一〕。監庫舊有五臣注文選鏤板，奭建白内於三館，其崇本抑末〔二〕，多此類也。

校勘記

〔一〕必詣精緻　稗海本作「必請精摩」。

〔二〕其崇本抑末　「抑」，明抄本作「批」。

30 馮元儒學精深

馮元儒學精深〔一〕，名齊孫奭。居喪不爲佛事，但誦孝經而已，時人稱其顓篤。

校勘記

〔一〕此條原與上條合爲一條，據稗海本分。「馮元」，原作「馬元」，按宋史卷二九四馮元傳，與孫奭齊名者乃馮元。據改。

31 京都國子監

國朝以來，京都雖有國子監爲講學之地，然生徒不上三十人，率蒙稚未能成業者〔一〕。遇秋試詔下〔二〕，則四方多士競投牒於學〔三〕，干試求薦，罷則引去，無肯留者。初，試補監生，雖大蕪謬〔四〕，無不收采，生員得牒以歸，則自稱廣文館進士。監出一牒，生員輸緡二千餘，目爲光監，利爲公廨之用。直講置員，但躐爲資地，希遷榮耳。自景祐以來，天下州郡漸皆建學，規模立矣〔五〕。慶曆初，令賈相國昌朝判領國庠，予貳其職。時山東人石介、孫復皆好古醇儒，爲直講，力相贊和，期興庠序。然嚮學者少，無法例以勸之〔六〕。於是史館檢討王洙上言，乞立聽書日限，寬國庠薦解之數以徠之，聽不滿三百日者，則屏不得與。由是聽徒日衆，未幾遂盈數千。雖祁寒暑雨，有不却者。諸席分講，坐塞階序〔七〕，講罷則書名於籍以記日，固已不勝其譁矣。講員衆白判長〔八〕，奏假庠東錫慶院，以廣學舍爲太學，詔從之。介、復輩益喜，以爲教道之興也〔九〕。他直講又多少年，喜主文詞，每月試詩賦論策，第生員高下，揭名於學門。介又喜議時事〔一〇〕，雖朝之權貴，皆譽訾之。由是，群謗諠興，漸不可遏。介不自安，求出倅濮州。言者競攻學制之非，詔遂罷聽講日限，一切仍舊。學者不日而散，復如初矣。議者曰：「學校之設，固治國化民之本也，賢、不肖知之矣。然古今不同，勸導異方。古者舉鄉命秀，必由於學，舍是而進者鮮矣。今考士升藝，不由於學，思治者失其本，而欲以末制驅之〔一一〕，其反爲害也〔一二〕宜矣。」

校勘記

〔一〕率蒙稚未能成業者　「業」，稗海本作「學」。

〔二〕遇秋試詔下　「試」，明抄本作「賦」。

〔三〕則四方多士競投牒於學　「於學」，明抄本作「聽舉」，傅校作「聽」。

〔四〕雖大蕪謬　稗海本作「但無大謬」。

〔五〕規模立矣　「模」，稗海本作「謨」，明抄本作「摹」。

〔六〕無法例以勸之　「法例」，稗海本作「法利」。

〔七〕坐塞階序　「階」，稗海本作「陛」。

〔八〕講員衆白判長　「衆白」，稗海本作「日衆」，明抄本作「衆曰」。

〔九〕以爲教道之興也　「興」，稗海本作「可興」。

〔一〇〕介又喜議時事　「喜議時事」，稗海本、明抄本作「好議都省時事」。

〔一一〕而欲以末制驅之　「驅之」，稗海本作「驅縛之」。

〔一二〕其反爲害也　「反」，稗海本作「終」。

32 盧多遜權謀之士

盧多遜，權謀之士也。太祖嘗患耶律氏據幽薊，未有策以下之。多遜進説，願權都鎮州，經畫攻取，俟恢復漢土，則還蹕於汴。聞者異之〔一〕。

校勘記

〔一〕聞者異之　「異」，稗海本作「果」。

33 太宗責趙普以下舉將帥

太宗嘗責趙普以下舉將帥〔一〕，普對曰：「昔明宗舉石晉，晉選張彥澤，劉高祖拔郭上皇，世宗得太祖，臣豈敢輕舉耶？」

校勘記

〔一〕太宗嘗責趙普以下舉將帥　「下舉將帥」，原作「不舉將帥」，據稗海本改。

34 太祖密遣人於軍中伺察外事

太祖嘗密遣人於軍中伺察外事〔一〕，趙普極言不可。上曰：「世宗朝嘗如此。」普曰：「世宗雖如此，豈能察陛下耶？」上默然，遂止。

校勘記

〔一〕太祖嘗密遣人於軍中伺察外事　「嘗」，原作「常」，據稗海本改。

35 李漢超帥軍於高陽關

李漢超帥軍於高陽關〔一〕，貸民財而不歸之，民撾鼓登聞上訴。太祖召謂之曰〔二〕：「無之鄉里，亦嘗爲契丹所鈔掠乎？」曰：「然。」上曰：「自漢超帥彼〔三〕，有之乎？」曰：「無之。」上曰：「昔契丹掠爾，不來訴；今漢超貸爾，乃來訴也！」怒而遣之。乃密召漢超母，謂之曰：「爾兒有所乏，不來告我，而取於民乎？」乃賜白金三千兩。自是，漢超奮必死之節矣。

校勘記

〔一〕李漢超帥軍於高陽關　「帥軍」，稗海本作「帥師」。

〔二〕太祖召謂之曰　「召」，稗海本作「乃」。

〔三〕自漢超帥彼　「彼」，稗海本作「後」。

36 張詠當太宗朝時望漸高

張詠當太宗朝，時望漸高。執政者忌之，恐有大用，言於上，謂詠有威名，欲以武爵處之。詠聞不樂。一日燕見，自請爲武臣，别求三千人貲糧，親募拳勇之士自衛，以備出戰。上不許。自是，執政無敢議者。

37 吕蒙正居宰弼

吕蒙正居宰弼。一日，諫官張觀忤太宗旨，送臺獄。蒙正翊日不入朝，上遣使問其故，對曰：「臣爲宰臣，致諫官下獄，復何面目見君上耶？」上急出觀焉。

38 雷德驤性剛直

雷德驤性剛直。嘗爲大理寺，值太祖幸瓊林苑放鷂子，勑左右有急事即得通。德驤携大理案二道，扣苑門求對，左右不敢止之。上曰：「此豈急事耶？」對曰：「豈不急於放鷂子乎？」上大怒，自起擊之，德驤稍退。少頃，上悔，召而謝之，曰：「朕若得如卿十數輩，何憂天下乎？」

39 張詠守益部

張詠守益部，時經王小波之亂，遺寇未殄。中貴人宣政使王繼恩總兵柄，驕，不急賊，詠因教主者不給兵糧。群校訴於詠，詠曰：「即今出則給，若不出則不給。要反，但聽之。」〔一〕繼恩翊日遂出捕賊。

校勘記

〔一〕若不出則不給要反但聽之　明抄本作「不要反但無止」。

40 王嗣宗卞衮王子輿並命爲三司使

咸平中，王嗣宗、卞衮、王子輿並命爲三司使。嗣宗即時赴職，衮、子輿得奉日始視事。衮未幾卒於職，子輿以風痹免，嗣宗獨無他，終享貴壽。

41 太宗任陳恕爲三司使

太宗任陳恕爲三司使，心算詳給。人有言茗榷遺利欲更法者，上以問恕，恕言：「國家用度，無所窘匱〔一〕，恐此法一摇，則三十年不可再定。」上怒，起入禁中。恕不敢退。久之，復坐，方可其議。後馬元方主計，遂變前法，迄今三十餘年，是非紛然，無所歸準，如其言焉。

校勘記

〔一〕無所窘匱 「匱」，明抄本作「臣」，屬下句。

42 太宗因久旱問用刑

太宗嘗因久旱，欲遣使四方，詢民疾苦，因謂大臣曰：「天下官吏，必有用刑不當者。」時寇準副位樞弼，前對曰：「天下官吏，未聞用刑不當者，陛下用刑則實有不當。」上默然久之，問曰：「何也？」準曰：「晉州祖吉受所監臨贓，罪不至死，陛下特命杖殺之。參知政事王沔弟犯監主自盜贓，罪至死，陛下以沔故，恕其罪。此陛下用刑不當也。」上爲之感悟，罷沔參知政事。

43 祥符中誹毁天書

祥符中，軍士有告其營將誹毁天書者，上怒，欲鞫正其罪。時馬知節在樞府，力言不可，且曰：「天書之降，臣等若非親承德音，亦未之敢信，矧軍校乎？苟正其罪，則軍政不能肅矣。」遂止。

44 李漢超求益兵

李漢超將勁兵五千，駐高陽關，以捍北邊〔一〕。漢超常患兵少，因遣其子奉章詣闕求益兵〔二〕。太祖逆謂之曰：「汝父使汝來，求益兵耶？」乃賜其子食，已而謂曰〔三〕：「汝父不能辦吾事〔四〕，則伺契丹斬汝父頭〔五〕，吾當別用能辦吾事者耳〔六〕，兵則吾不益也。」遂解寶帶，及以金幣厚賜焉〔七〕。漢超乃自奮勵，終能北禦彊寇，不內侵軼。議者曰：太祖以天威神略，戡削多亂，夷狄懾縮〔八〕，不敢內侵。然亦由將之得人也〔九〕。漢超以寡禦彊，未嘗挫勢〔一〇〕，亦由兵精而任專也。今之治邊者，兵益冗，勢益敗〔一一〕，國用已殫，而戎患方熾〔一二〕，誠可浩歎哉！

校勘記

〔一〕以捍北邊　「北邊」，稗海本、明抄本作「兵戎」。

〔二〕因遣其子奉章詣闕求益兵　「求益兵」，原作「求兵」，據稗海本補。

〔三〕已而謂曰　「謂曰」，明抄本作「謂之曰」。

〔四〕汝父不能辦吾事　「辦」，明抄本作「用」。

〔五〕則伺契丹斬汝父頭　「伺」，稗海本作「候」。

〔六〕吾當別用能辦吾事者耳　「用」，稗海本作「有」。

〔七〕及以金幣厚賜焉　「金幣」，稗海本作「金帛」。

〔八〕夷狄懾縮　「夷狄」，原作「敵人」，據稗海本、明抄本改。

〔九〕然亦由將之得人也　原作「然矣亦由將將之得人也」，據稗海本改。

〔一〇〕未嘗挫勢　「勢」，原作「機」，據稗海本改。

〔一一〕兵益冗勢益敗　原作「兵益冗益敗」，據稗海本補「勢」字。

〔一二〕而戎患方熾　「戎患」，原作「邊患」，據稗海本、明抄本改。

45 張詠在白士間

張詠在白士間，意概不群。秋試〔一〕，求薦於大名，上書府公〔二〕，曰：「昨日公府試罷，群口騰議，以詠名在張覃之右。且覃内實敏直，外示謙和，樂貧著書十五年〔三〕，未嘗一日變節，事繼母恭懼〔四〕，猶初授教時，一家熙熙，有若太和之俗。且魏，大都也，萬人同辭〔五〕，謂之君子。」聞者無不佳詠善讓〔六〕，謂可以勸薄俗。又嘗作聲賦，雖未能高致絶俗，然豪邁有理致。朋游有勸詠以聲賦贄先達者，詠曰：「取一第，乃欲用吾聲賦耶？」其自負如此。

校勘記

〔一〕秋試　明抄本作「秋賦」。

〔二〕上書府公　「府公」，稗海本作「公府」。

〔三〕樂貧著書十五年　稗海本作「樂善著書十餘年」。

〔四〕事繼母恭懼　「恭懼」，稗海本作「恭慎」。

〔五〕萬人同辭　「同」，稗海本、明抄本作「畢」。

〔六〕聞者無不佳詠善讓　「佳」，稗海本作「服」。

46 張詠所臨之郡

張詠所臨之郡，無不冠映前後〔一〕，民愛之如父母。再治蜀，恩威條教，動皆可紀。益人至今謡慕，比户畫像祠之，以謂諸葛武侯之後無逮之者。蜀人性游侈，嘗親春以勸嗇教之，民皆感其意焉。

校勘記

〔一〕無不冠映前後　「冠映」，稗海本作「完浹」。

47 張詠守餘杭

張詠守餘杭，時方歉凶，飢民多犯鹽禁〔一〕。詠無問多少，皆笞而遣之，由是犯者益衆〔二〕。邏捕者群入白詠〔三〕，以爲亂國法〔四〕，詠怡然納之。遂留夜飲，因自行酒，謂之曰：「錢塘十萬户，饑者八九，苟不以私鹽自活，忽焉蠭蠆屯熾〔五〕，以死易生，則諸君將奈何？吾止佇秋成，則繩之以法。」坐者皆服其言〔六〕，至有泣下者，燭屢跋乃罷。是歲至秋，杭無盜賊，民命以濟。又有民家子與姊之贅壻争家財者，壻訴曰〔七〕：「妻父遺命，十之七歸壻，三與子。手澤甚明耳。」詠竦然，命酒酹之〔八〕，謂其子曰：「爾父可謂有智者矣。死之日，爾甫三歲，故托育於壻也。若爾有七分之約，則爾死於壻之手矣。今當七分歸爾，三分歸壻也。」其子與壻皆號泣，再拜而去，人稱神明焉。

校勘記

〔一〕飢民多犯鹽禁　「鹽禁」，稗海本作「禁鹽」。

〔二〕由是犯者益衆　「衆」，稗海本作「寡」。

〔三〕邏捕者群入白詠　「群入」，稗海本作「入郡」。

〔四〕以爲亂國法　「國法」，稗海本作「國家法」。

〔五〕忽焉蠢螘屯熾　「蠢螘屯熾」，稗海本作「蠢斯屯熾」。

〔六〕坐者皆服其言　「坐者」，稗海本作「聞者」。

〔七〕壻訴曰　稗海本作「訐曰」。

〔八〕命酒酹之　「酹」，稗海本作「醉」。

48 張詠治蜀

張詠治蜀，承兵亂之後，屯防尚衆〔一〕，四野寇暴未息，城中無旬月之儲。乃榜衢市，賤官鹽之直〔二〕，貴米價以博易之。糧廩因之充接，蜀漸安焉。

校勘記

〔一〕屯防尚衆　稗海本作「比防南衆」。

〔二〕賤官鹽之直　稗海本作「錢官監之直」。

49 張詠性剛急

張詠性剛急，嘗作鯸鮧魚賦，其序略云〔一〕：「江有若覆甌者，漾於中流，移晷不没。舟人曰：『此嗔魚也。觸物則怒，多爲鵰鳶所食。』遂索書驗名，古謂之鯸鮧，因而賦之，亦欲刺世人之褊薄者。」又爲褊箴云〔二〕：「百行同轍，一褊則缺。」其意亦欲自警也。然終以剛直，不躋柄用。後進不知詠者〔三〕，以謂詠躁愎〔四〕，不任輔弼，何輕誣之甚哉！

校勘記

〔一〕其序略云　「云」，稗海本作「曰」。

〔二〕又爲褊箴云　「云」，稗海本作「曰」。

〔三〕後進不知詠者　「詠」，稗海本作「論」。

〔四〕以謂詠躁愎 「以謂」，稗海本作「以爲」。

50 楊億不爲利變

楊億雖以辭藝進，然理識清直，不爲利變。章獻太后寵冠妃御，人有諷億使上言，請升配宫壼，則立可致身二府，億深拒之。未幾，丁謂奏章，稱揚后德，當正椒闈，未半歲乃參大政。億終不悔。朝廷初議封禪，億謂不若愛民息用爲本。後益爲邪佞者所排〔一〕，眷寵寖衰矣。億性又疎放，言或輕發。時陳彭年方親幸，每多潤色帝制。有讒億云竊議聖文非親製者，上不樂甚。一日，召億入禁中燕〔二〕，肴酒極豐美〔三〕，至於杯案之屬，皆常所未見者。既而，命小黄門捧書數箱示之，皆文藁也，其中删塗改乙〔四〕，皆上親翰。億皆伏讀，盛贊天作之美。上忽莊色曰〔五〕：「皆朕自作，非假人也。」億不知所以然，亦不敢自辨，但惶懼而退。未幾，以母往許之陽翟弟倚所得疾，遂請急歸侍，不待報而往，但留書時相所，爲敷奏而已。上聞之，錫以金繒、藥劑，未之罪也。億遂自稱疾不出。晁迥、李宗諤皆貽書趣億歸〔六〕，但假弟倚答書曰：「兄書語失錯〔七〕，喜怒不常，委是神心不定，乃爲母奏免官爵。」言者亦請紀其罪，乃除太常少卿，分務西洛，許居陽翟治疾。然門生館食者，尚千餘人〔八〕。踰年，眥用漸窶，乃表述嫉謗所集，賴睿明保辨。再章求典許田，不報。復求歸覲，乃就命守汝陽。既而得緑毛龜，表獻稱瑞。繼復求覲，遂召還京師。貢章顧偏謁玉清諸宫，始混和於時輩矣。未幾卒〔九〕。今上親政，追贈禮部尚書，謚曰文。

校勘記

〔一〕後益爲邪佞者所排　「後益」，稗海本作「復」。

〔二〕召億入禁中燕　「燕」，稗海本作「賜燕」。

〔三〕肴酒極豐美　「肴酒」，稗海本作「有酒」。

〔四〕其中删塗改乙　「改乙」，稗海本作「改削」。

〔五〕上忽莊色曰　「莊色」，稗海本作「變色」。

〔六〕晁迥李宗諤皆貽書趣億歸　「李宗諤」，稗海本作「李宗諤輩」。

〔七〕兄書語失錯　「失錯」，稗海本作「大錯」。

〔八〕尚千餘人　「千」，稗海本作「十」。

〔九〕未幾卒　稗海本作「未幾卒京」。

51 張詠與楊億頗相知善

張詠正直少合，與楊億頗相知善。嘗遺億書，云：「世之才豪，須藉智識主之〔一〕，則豪氣不暴，縱不與伊、呂並轡，正合著名，垂範不朽。屑屑羅禍者，自古何限？蓋智不及氣耳。」「大年負絶世之才〔二〕，遇好文之主，迹繫中禁，聲馳四方，苟加頤氣於和〔三〕，奮精於漠，了然獨到〔四〕，邈與道俱，必臻長世之期〔五〕，足爲瑞時之表。」〔六〕億文詞侈博，落筆即成，生平纂集數百卷，其劬至矣〔七〕。然皆聲韻偶屬，編組事實，鮮及理之文〔八〕。詠之書意〔九〕，真益友之言歟！

校勘記

〔一〕須藉智識主之　「主」，稗海本作「制」。

〔二〕大年負絶世之才　「大年」，原作「大率」，稗海本作「大年」，張乖崖集卷七答楊内翰書作「大年」，據改。

〔三〕苟加頤氣於和　「頤氣」，稗海本作「順氣」，張乖崖集卷七答楊内翰書作「頤氣」，據改。

〔四〕了然獨到　「了然」，稗海本作「超然」，張乖崖集卷七答楊内翰書作「了然」。

〔五〕必臻長世之期　「必」，稗海本作「不」，張乖崖集卷七答楊内翰書作「必」。

〔六〕足爲瑞時之表　「表」，稗海本作「長」，張乖崖集卷七答楊内翰書作「足稱瑞時之表」。

〔七〕其劬至矣　「劬」，稗海本作「劬勞」。

〔八〕然皆聲韻偶屬編組事實鮮及理之文　稗海本作「然皆聲韻偶麗編組事物鮮有及理之文」。

〔九〕詠之書意　「意」，稗海本作「億其」。

52 夏竦拜章求罷兵柄

劉平、石元孫既爲昊賊所敗〔一〕，邊威益削。時夏竦守涇原，乃拜章求罷兵柄，其略曰：「惟保定之窮邊，稽有唐之前制，遥兼鄭、滑，旁總邠、寧，領北平三軍，洎安西四鎮，精鎧五萬，具裝九千，秀實之出奇兵，馬璘之提禁旅，禦兹西寇，尚或無功。而況營府久荒，樓雉重葺，依然狐兔之藪，莫覩貔虎之師〔二〕。臣受略之辰，便議營繕，城繞板築，地已凍堅。方卜中春，再程庶役。又以小羌負德，積歲造謀，跨竇融之故區，有呼韓之舊地，廣募凶黨，十倍賊庭〔三〕，若不縻之以恩，則當較之以計。方將博求跳盪，精練師徒，竊李牧鴈門之機，希羊祜峴南之算〔四〕。俟釁爲動，持重以須，不須百級之勞〔五〕，冀成歲月之效。豈意鄰城狃於常勝，大將墮於姦謀，忽沮我師，頓增賊勢〔六〕。改襲犀兕，屬厭餱糧，四校驚嗟，三秦震駭。用儒不效，在理已明。」又曰：「朝那地平，祅巢密邇。回中川闊〔七〕，賊逕交通。以四萬甲兵，備六十城寨。排列險隘，則用軍忌分；團聚要衝〔八〕，又固圉斯闕。以寡制敵，未知所圖〔九〕。」又曰：「資性憂畏，歷官艱難。傷弓之禽，聞虚弦而破膽；逸網之獸，罥垂蔓以殞心。」由是，數爲言事者捃摭其語以爲譴〔一〇〕，封章傳布，漏泄邊機〔一一〕，復引「破膽、殞心」之句爲怯懦特甚，示夷狄以弱〔一二〕，不復原其自叙歷官艱難之意。後乃詔邊臣，事有干機密者，並須實封以聞〔一三〕。竦文思精敏，善於叙事，傳其章疏〔一四〕，徧於天下，亦頗以此爲累焉。

校勘記

〔一〕劉平石元孫既爲昊賊所敗　「昊賊」，原作「元昊」，據稗海本、明抄本改。

〔二〕莫覩貔虎之師　「覩」，稗海本、明抄本作「覿」。

〔三〕十倍賊庭　「庭」，明抄本作「遷」。

〔四〕希羊祜峴南之算　「峴南」，稗海本作「終南」。

〔五〕不須百級之勞　「須」，稗海本作「需」。

〔六〕頓增賊勢　「頓」，稗海本作「數」。

〔七〕回中川闊　「闊」，稗海本作「閣」。

〔八〕圍聚要衝　「圍聚」，稗海本作「聚散」。

〔九〕未知所圖　「所」，稗海本作「永」。

〔一〇〕數爲言事者捃摭其語以爲謔　「者捃摭」，稗海本作「改换」。「謔」，原作「露」，據稗海本改。

〔一一〕漏泄邊機　「邊機」，稗海本作「近機」。

〔一二〕示夷狄以弱　「夷狄」，原作「邊鄙」，據稗海本、明抄本改。

〔一三〕並須實封以聞　「須」，稗海本作「得」。

〔一四〕傳其章疏　「章疏」，原作「章」，據稗海本補。

53 張知白清儉

張知白清儉好學，居相位如布素時，其心逸如也。及病〔一〕，上幸其家，夫人惡衣以見。及臨知白寢所，見其敝氈縑被，帷帟質素，嗟美久之，亟命輦帳具卧物以賜。後之稱清德者，皆以知白爲師。丁謂貪權怙寵，斂蓄無厭。南遷日，籍没其貲，奇賂異玩，陳鬻於市。死之日，家益困，諸子相繼夭逝，朝廷以其第賜太后弟景宗。後之言侈敗者，皆以謂爲戒〔二〕。議者曰：夫約則常足，侈則常不足。常足則樂而得美名，禍咎遠矣；常不足則役而得訾惡，福亦遠矣〔三〕。世有舍樂美而專趨役訾者〔四〕，信乎可謂惑也已〔五〕。

校勘記

〔一〕及病　稗海本作「及病革」。

〔二〕皆以謂爲戒　「戒」，稗海本、明抄本作「誡」。

〔三〕「夫約則常足」至「福亦遠矣」一句，稗海本作「夫物儉則常足，常足則樂，而得美名，禍咎遠矣；侈則常不足，常不足則憂，而得訾惡，福亦遠矣。」

〔四〕世有舍樂美而專趨役訾者　「專趨役訾」，稗海本作「寧趨憂訾」。

〔五〕信乎可謂惑也已　「可謂」，稗海本作「爲」。

54 王隨不能拯傷救敝

明道中，江淮荐饑，始命王隨爲安撫使〔一〕。隨素無才術，不能拯傷救敝，以活流殍，但令人負緡以散丐者。每出，則前後擁塞，騶導者不能呵。隨方姁姁矜問〔二〕，示爲恩惠。識者無不嗤之。

校勘記

〔一〕始命王隨爲安撫使　「始」，稗海本作「乃」。

〔二〕隨方姁姁矜問　「姁姁」，稗海本作「切切」。

55 天聖中明肅太后垂簾漸久

天聖中，明肅太后垂簾漸久，閹宦用事〔一〕，競欲過尊母闈〔二〕，以徼權寵〔三〕，上勢孤弱，中外疑之。四年冬〔四〕，仗前詔：至日，皇帝率百僚上太后壽。時范仲淹職秘閣爲校理，上疏請皇帝率親王皇族於内中上皇太后壽，請詔宰臣率百僚於前殿上兩宫壽。太后不懌，遣大閹下仲淹章於政府，問其當否。晏殊方爲資政殿學士，居京師，嘗薦仲淹於朝，遂貶職秘閣〔五〕，聞其事，頗憂懼，亟呼仲淹於第，切責之曰：「爾豈憂國之人哉？衆或議爾非忠非直〔六〕，但好奇邀名而已〔七〕。苟率易不已，無乃爲舉者之累乎〔八〕？」仲淹方對所以當言之意，殊又折之曰：「勿爲彊辭也。」仲淹退，移書於殊〔九〕，略曰：「若以某好奇爲過〔一〇〕，則伊尹負鼎，太公直鈎〔一一〕，仲尼卻侏儒以尊魯〔一二〕，夷吾就縲紲而霸齊，藺相如奪璧於彊鄰，諸葛亮邀主於漱廬，陳湯矯制而大破單于〔一三〕，祖逖誓江而克清中原，房喬仗策於軍門〔一四〕，姚崇臂鷹於渭上，此前代聖賢，非不奇也，某患好之未至耳。若以某邀名爲過，則聖人不必崇名教而天下始勸〔一五〕。莊生云『爲善無近名』，乃道家自全之説，豈治天下者之意乎〔一六〕？名教不崇，則爲人君者，謂堯、舜不足慕〔一七〕，桀、紂不足畏；爲人臣者，謂八元不足高〔一八〕，四凶不足耻，天下豈復有善人乎？人不愛名，則聖人之權去矣，某患邀之未至耳。某昨輒言國家冬至上壽之禮，斯言之有罪，必不疑其倖覬也。敢輕一死，以重萬代之法〔一九〕。蓋一人與親王皇族上壽於内，則母子之義親，君臣之禮異；與百僚上壽於外，是行君臣之禮，非敦母子之義。今兩宫慈聖仁孝之德而行此典，則未見其損。奈何後代必有后族彊盛〔二〇〕，竊此爲法，以抑制人主者矣。某天拙之效〔二一〕，不以富貴屈其身，不以貧賤移其心。儻進用於時，必有甚於今者，庶幾報公之清舉。如求少言少過之徒〔二二〕，則滔滔天下皆是，何必某之舉也。」殊甚慚服。

校勘記

〔一〕閹宦用事　「閹宦」，稗海本作「閹臣」，明抄本作「閹官」。

〔二〕競欲過尊母闈　「母闈」，稗海本作「母閣」。

〔三〕以徼權寵　「徼」，稗海本作「徵」。

〔四〕四年冬　「冬」，稗海本作「各」。

〔五〕遂貶職秘閣　「貶職」，稗海本作「貼職」。「秘閣」，稗海本作「秘閣」。

〔六〕衆或議爾非忠非直　「非忠非直」，稗海本作「非中直者」。

〔七〕但好奇邀名而已　「但」，稗海本作「特」。

〔八〕無乃爲舉者之累乎　「舉者」，稗海本作「言者」。

〔九〕移書於殊　「於」，原脱，據稗海本補。

〔一〇〕若以某好奇爲過　「若」，稗海本作「日者」。

〔一一〕太公直鉤　「直鉤」，稗海本作「置釣」。

〔一二〕仲尼卻侏儒以尊魯　「卻」，稗海本作「斬」。

〔一三〕陳湯矯制而大破單于　「而」，稗海本作「之」。

〔一四〕房喬仗策於軍門　「房喬」，稗海本作「房矯」。

〔一五〕若以某邀名爲過則聖人不必崇名教而天下始勸　「某」、「不必」原脱，據稗海本補。

〔一六〕豈治天下者之意乎　「乎」，稗海本作「夫」，屬下句讀。

〔一七〕謂堯舜不足慕　「慕」，稗海本作「法」。

〔一八〕謂八元不足高　「高」，稗海本作「尚」。

〔一九〕以重萬代之法　「萬代」，稗海本作「當代」。

〔二〇〕奈何後代必有后族彊盛　「彊盛」，稗海本作「彊熾」。

〔二一〕某天拙之效　「效」，稗海本作「人」。

〔二二〕如求少言少過之徒　「少言少過之徒」，稗海本作「少言過之士」。

56 吕夷簡王曾同在相府

吕夷簡、王曾同在相府。曾公忠守道，夷簡專用小數，籠引黨類，復縱其子公綽交結人士，盛納貨賂，其門如市。曾知而惡之。夷簡權寵益盛，范仲淹輩數於上前攻其短，既而言者相繼斥逐，曾寖不樂。然曾性淳厚，又不欲有欺於同列。一日，先白夷簡，欲面啓求退。夷簡止之曰：「更俟旬日作表章〔一〕，當與公同避賢路耳。」而夷簡急拜章求罷〔二〕，不復白曾，曾頗後時，上乃疑曾不能容夷簡〔三〕。曾怒爲所賣，乃密陳夷簡贓私，壞公朝綱紀。上乃詰曾實狀，曾素不知主名，不能對，遂兩罷政柄。夷簡以使相判許州，曾止以資政殿大學士判鄆州〔四〕。夷簡薦王隨、陳堯佐作相〔五〕，二人皆無應務之才。隨又多病，數在告。未幾，爲諫官所論，皆罷。上復思夷簡，終再用焉。

校勘記

〔一〕更俟旬日作表章　「日」，稗海本作「時」。

〔二〕而夷簡急拜章求罷　「而」，稗海本作「既而」。

〔三〕上乃疑曾不能容夷簡　「乃」，稗海本作「方」。

〔四〕曾止以資政殿大學士判鄆州　「鄆州」，稗海本作「邠州」。

〔五〕夷簡薦王隨陳堯佐作相　「相」，稗海本作「代」。

57 薛奎參預宰政

薛奎參預宰政，頗質厚任真。明肅太后將行恭謝宗廟之禮，自呂夷簡而下皆阿順聽命，獨奎抗議不屈，明肅深忌之。然衆議已定，遂備法駕容衛，一同帝者，識者頗以爲憂。及明肅崩殂，夷簡等皆黜補郡，獨奎留焉，意將倚以爲相〔一〕。及李迪再居相位，疎直不達時務〔二〕，上察其材短，未有以濟之者。時范諷方以言幸，乃論非夷簡不可，奎遂稽於大用以至終〔三〕，知者惜之。

校勘記

〔一〕意將倚以爲相　「倚以」，稗海本作「可以」。

〔二〕疎直不達時務　「疎直不達」，稗海本作「疎直言遠」。

〔三〕奎遂稽於大用以至終　「終」，稗海本作「終身」。

58 李迪與丁謂

李迪既與丁謂論事得罪遷徙〔一〕，淹淪久之。上即位，知其名節，深所屬意。明肅太后既崩，吕夷簡等皆罷鈞軸，亟召迪爲相。迪樸忠寡材，但務廣推恩惠，以悦人心。首下詔收叙諸罪廢之官，贓污姦獪之人〔二〕、衆所共棄者，皆復爵秩，授以民政。又敕銓選吏登十二考者，不以保任，例改京朝官，得疲軟姦贓、眊亂不才者幾二百輩。勸沮之法，由兹益壞，人望替矣。暨夷簡復來〔三〕，譏間者日至〔四〕。迪遂降黜，以太常卿知密州。

校勘記

〔一〕此條原與上條合爲一條。玩其語言，實爲二事，稗海本另作一條，故析爲兩條。

〔二〕賕污姦獪之人　「姦獪」，稗海本作「姦狡」。
〔三〕曁夷簡復來　「曁」，稗海本作「蓋」。
〔四〕讒間者日至　「日」，稗海本作「且」。

59 范仲淹富弼志欲剗舊謀新

范仲淹入參宰政，富弼繼秉樞軸，二人以天下之務爲己任。謂朝政因循日久，庶事隳弊，志欲剗舊謀新，振興時治，其氣鋭不可折。仲淹建議塞廕補之濫，復限以年齒，定磨勘之法，由博士遷尚書外郎，由外郎陞郎中者，非薦慰不以名聞〔一〕。弼皆贊助其説〔二〕，果推行之。由是中外希遷賞者煽謗日熾〔三〕，仲淹不自安矣。先是，京邑群司有大閹諸官領之〔四〕，如皇城、群牧者〔五〕，皆衛士國駿〔六〕，目指氣使，動心如意〔七〕，或十餘歲不代，次當補者徒羨望不可得〔八〕。弼與韓琦協議，制以三年爲率，不得復有干請，久任者悉奏更之。由是閹宦大譟，惡弼如枕干之讎矣。仲淹自以久事右鄙，羌勢未寧，願出使以專西略，遂出爲河東、陝西宣撫使。弼自以累使北戎〔九〕，再講和約，朝廷每論北事，多以任弼，乃慷慨許國，力請宣撫河朔，裁輯邊務，爲預備之計。二人既出，攻讒者接踵而至，謂仲淹、弼不忠，務欲傾摇邦政，覬幸功名。上漸疑之，乃罷仲淹參知政事，知邠州；罷弼樞密副使，知鄆州。時諫官歐陽脩、余靖輩，咸以協同弼等，箴議時政〔一〇〕，漸以他事被逐，目爲朋黨。浮薄競肆攻詆，希執政意，以致好爵。仕路險薄，益無耻矣。議曰：君子小人，各以彙舉，蓋聲應景附，自然之理也。近世並立於朝，以道德相勸摩爲衆所娼者，皆指之爲黨，未知同心一德以濟天下者，由何道而可致哉？

校勘記

〔一〕非薦慰不以名聞　「薦慰」，稗海本作「爲」。

〔二〕弼皆贊助其説　「贊助」，稗海本作「贊美」。

〔三〕由是中外希遷賞者煽謗日熾　「煽謗」，稗海本作「嫉謗」。

〔四〕京邑群司有大閹諸官領之　「群司」，稗海本作「辟司」。「諸官」，稗海本作「諸宦」。

〔五〕如皇城群牧者　「群牧」，稗海本作「辟收」。

〔六〕皆衛士國駿　「國駿」，稗海本作「國駁」。

〔七〕目指氣使動心如意　稗海本作「目指氣伏動必如意」。

〔八〕次當補者徒羡望不可得　「徒羡望」，稗海本作「系羡理」。

〔九〕弼自以累使北戎　「北戎」，原作「契丹」，據稗海本、明抄本改。

〔一〇〕箴議時政　「箴」，稗海本作「或」。

60 夏臺叛命修潼關

夏臺叛命之二年，勢益熾横，朝廷疑其有吞噬關中之意。由是，獻議者請修潼關以拒之。時宋庠參預大政，鋭意主其意。遂詔興板縮，置樓櫓戰具，回關門而反闔之〔一〕。關中士民嗟怨〔二〕，謂朝廷棄之矣。甚者取材興役，半出於華陰，其民之心可知。然見者則知其無益於備，而徒失民心。朝廷後知其非，悉命撤毁之。

校勘記

〔一〕回關門而反闔之　「關」，明抄本作「開」。

〔二〕關中士民嗟怨　「嗟怨」，明抄本作「嗟愁」。

61 景德初章聖出兵作樂

景德初，契丹大寇河朔〔一〕，章聖將幸澶淵，中外人情震懼。車駕發京師，六軍奏作樂。上疑，問左右，杜鎬前曰：「周武伐紂，前歌後舞。」上悦，遂作樂，人情頗安。

校勘記

〔一〕契丹大寇河朔　「寇」，原作「入」，據稗海本、明抄本改。

62 乾德二年詔舉賢良方正

乾德二年，詔舉賢良方正能直言極諫科，時中選者唯潁贄一人，自是罷不復舉。至咸平中，始復舉之，所對策限以三千言。景德後，又先於中書試六論，應係條式者方預臨策，益爲艱峻矣。近制試論於秘閣，數時之間，敦迫取就。舊試制舉人納卷不許踰申刻，蓋慮及酉則皇城掩關故耳〔一〕。有司不詳故事，乃不許及申刻〔二〕，試人視景高下，窘蹙成文，故每三四歲一舉，所得不過一二人而已。

校勘記

〔一〕蓋慮及酉則皇城掩關故耳　「及酉」，稗海本作「久」。

〔二〕乃不許及申刻　「申刻」，稗海本作「申時」。

63 范仲淹帥環慶抗章

慶曆初，夏寇方盛，陝西四路並任儒帥，久而未有成功。時吕夷簡爲相，上深所注意。夷簡因言四帥皆儒臣，於軍政非便，奉禄又薄於偏裨，遂皆除觀察使，欲責其成功。時范仲淹帥環慶，素爲吕所惡，及授命〔一〕，乃抗章辭讓，言：「臣聞先王爵以讓德，禄以報功。諸侯之失德者降其爵，諸侯之有功者增其禄，此百代不易之典也。又聞貴位者〔二〕，爲其近於君也。漢遣御史繡衣持斧，出按二千石。唐御史之出，節度使以軍禮見，所以表朝廷之重也。學士、丞郎出則居廉察、刺史之任，入則復其位。自五代之亂，措置乖失，廉察、刺史遂爲武官，學士、丞郎一出，謂之换過，入朝既不復其位，故士大夫寧甘薄禄而不樂换者久矣。況今用兵之際，事繫安危，今日之命，理有利害〔三〕，臣若嘿嘿而受之〔四〕，一則失朝廷之重勢，二則減議論之風采，三則發將佐之怒，四則鼓軍旅之怨，五則取夷狄之輕〔五〕，六則貽國家之患。何以言之？臣與韓琦並命陝西，初爲經略安撫副使，次則分領秦、慶二州，兼本路部署司兵馬公事，次則進秩爲本路都部署兼經略安撫招討等使，皆以學士之職，行都統之權。是用内朝近臣出臨外閫，以節度諸將，孰不以朝廷之勢而望風禀命〔六〕？臣輩亦以内朝之職，每視詔令之下，或有非便，必極力議論，覆奏不已，期於必正，自以近臣當彌縫其闕而已。今一旦落内朝之職，而補外帥，前在左右丞、諸行侍郎、節度留後之上，今降於知制詔、待制之下，使居方榮、劉興之下列，以外官而行都統之權，此失朝廷之勢，一也。又既爲外帥，則而今而後，朝廷詔令之出，或不便於軍中，或害於邊事，豈敢區分是非，與朝廷抗論？自非近臣，無彌縫其闕之理。縱降詔丁寧，必令覆奏，而臣輩豈不監前代將帥驕亢之禍，存國家内外指蹤之體？此則減議論之風采，二也。又臣至邊，常責將佐當圖實效，上報國家，勿樹虚聲，妄求恩獎。故得歲年以來，所奏邊效，稍稍得實，不至矯誣。臣方經制補葺，以救邊防之闕，而西賊昌熾復來。今大臣將三换寵數，將何面目責諸將之實效？此則發將佐之怒，三也。又臣聞自古將帥〔七〕，與士旅同其安樂，而共其憂患，士未飲而不敢言渴，士未食而不敢言飢。今邊兵請給，粗供樵爨醋鹽之費，食必粗糲，經踰歲年，不知肉味〔八〕。至有軍行之時，羸不勝甲〔九〕，棄而埋之，負罪以逋，不能遠者，皆捕而斬之。臣雖痛而不忍，豈敢慢法哉！或有危逼，欲使此等之輩〔一〇〕，心同憂患，爲國之用，不亦難哉！昔禄山之亂，河北三十餘城俱歸於賊者，非皆攻而下之，由於衆心無恩，當未危之時，勉以從事，及既危之後，翻然改圖，劫長吏以應賊，皆此類也。臣每思之寒心，亦欲獲厚禄，養敢死之士，以備寇患〔一一〕。今戰士養有常廪，賞有常格，臣得千鍾之禄〔一二〕，千金之賜，豈敢私與死士哉？徒聚之於家，使彼目而銜之〔一三〕，以待其釁耳。臣恐此輩一旦倉卒，乘怒而發，劫長吏以應賊，爲國家之患矣。此則鼓軍旅之怨，四也。又臣聞内列三公九卿，外分五侯九伯，以安天下、威四夷也〔一四〕。臣自邊上熟户蕃部，皆呼臣爲『龍圖老子』，至於賊界，亦傳而呼，且不測其品位之高下也。今賊界沿邊小可首領，並僞置觀察、團練之名，臣若授兹新命，使蕃部聞之，適足取夷狄之輕〔一五〕，五也。由斯以往，必敗乃事，寧不貽國家之後患哉？此六者，臣上爲國體而辭之也。再念臣世專儒素〔一六〕，遭逢盛時，以文藝發科。陛下擢於秘館，處之諫司，歷天章、龍圖之職，可謂清切矣。寒士至此，大踰本望〔一七〕，儒者報國，以言爲先。如臣曩者以言事，效賈生慟哭、長太息之説，黷於聖聽，中外共棄，屢經貶放，亦以塞朝廷之薄責矣。而臣自追其咎〔一八〕，未嘗怏怏，此搢紳之所諒也。前年春，延安之戰，主將不利，大挫國威，朝廷有使過之議，遂及於臣〔一九〕。逮至延安，竭心悉力，而處置之間，不合朝廷之意，既廢復用，無所逃遁。臣顛沛十載，灰而復燃者數四矣。自知非將帥之才，豈可以了大事？但國家急難之際〔二〇〕，邊鄙乏人〔二一〕。臣以事君之心，雖知屢困，日勉一日，伺將帥得人，臣則引退丘園，歌詠太平。雖多難之夫，有全歸之樂〔二二〕，此臣之所期也。臣粗守廉隅，朝廷豈以貪夫畜臣？落近職而增厚禄〔二三〕，將令長居邊鄙〔二四〕，永謝丘園，非臣之所期也。臣本有風眩之疾，聞命以來，心墮氣索，不知其涯。緣臣夙夜乃事，精爽已乏，量臣之力，豈堪武帥，長爲荷戈之事乎？此臣爲私心而辭之也〔二五〕。伏望尊號皇帝陛下，垂日月之明，發於獨斷，追還新恩，許存舊職，則是以内朝近臣經略邊事、節制諸將〔二六〕，其體重矣。而況儒臣、武士，所習不同，所志亦異。臣輩不願去清列而就廉察之厚禄，如方榮、劉興輩不願減厚禄而就學士之清列矣〔二七〕。如使四路之帥，上失其勢，下撓其志，沮喪不樂，意衰神瘁，則百事隳墜〔二八〕，豈復能振謀發策，爲國家長城之倚哉？恐非陛下推委，使人盡心之意也。一昨宰臣堅讓三公，雖已行之命，蒙陛下特俞其請。臣今冒犯天威，爲國體而辭之者六，爲私心而辭之者一，苟不獲命，臣當繫身慶州之獄，自劾無功冒賞之過，又劾違制之罪，以聽於朝廷。假使朝廷極怒，臣得死於君父之命，猶勝貪此厚禄，敗名速禍，死於寇亂之手。此臣所以知其退，而不知其進也。唯天鑒處之！」夷簡覩奏，不樂。然逼於物議，未幾，並他路皆罷廉察，復學士之職焉。

校勘記

〔一〕及授命　稗海本作「又授□」。

〔二〕又聞貴位者　「貴位」，稗海本作「貴貴」。
〔三〕理有利害　稗海本作「受有利名」。
〔四〕臣若嘿嘿而受之　「受」，稗海本作「兼」。
〔五〕五則取夷狄之輕　「夷狄」，原作「敵人」，據稗海本、明抄本改。
〔六〕孰不以朝廷之勢而望風禀命　「命」，原作「律」，據稗海本、明抄本改。
〔七〕又臣聞自古將帥　「臣」，原闕，據稗海本補。
〔八〕不知肉味　「知」，原作「治」，據稗海本改。
〔九〕羸不勝甲　「甲」，稗海本作「載」。
〔一〇〕欲使此等之輩　「輩」，原闕，據稗海本補。
〔一一〕以備寇患　「備」，稗海本作「除」。
〔一二〕臣得千鍾之禄　「千」，稗海本、明抄本作「十」。
〔一三〕使彼目而銜之　「目而銜之」，稗海本、明抄本作「日而御之」。
〔一四〕以安天下威四夷也　「四夷」，原作「四方」，據稗海本、明抄本改。
〔一五〕適足取夷狄之輕　「夷狄」，原作「敵人」，據稗海本、明抄本改。
〔一六〕再念臣世專儒素　「儒素」，稗海本作「儒業」。
〔一七〕大踰本望　「大」，稗海本作「又」。

〔一八〕而臣自追其咎　「追」，稗海本作「足」。

〔一九〕遂及於臣　「及」，稗海本作「至」。

〔二〇〕但國家急難之際　「但」，稗海本作「且」。

〔二一〕邊鄙乏人　「邊鄙」，明抄本作「邊圖」。

〔二二〕有全歸之樂　「有全」，明抄本作「全有」。

〔二三〕落近職而增厚禄　「落」，稗海本作「減」。

〔二四〕將令長居邊鄙　「長」，原本作「常」，據稗海本、明抄本改。

〔二五〕此臣爲私心而辭之也　「之」，稗海本作「者」。

〔二六〕節制諸將　「諸將」，稗海本、明抄本作「諸侯」。

〔二七〕如方榮劉興輩不願減厚禄而就學士之清列矣　「不願」，稗海本作「不若」。

〔二八〕則百事隳墜　「墜」，原作「惰」，據稗海本、明抄本改。

64 寇準丁謂作相

寇準在相位，以純亮得天下之心。丁謂作相，專邪黷貨〔一〕，爲天下所憤。民間歌之曰：「欲時之好呼寇老，欲世之寧當去丁。」及相繼貶斥，民間多圖二人形貌，對張於壁，屠酤之肆，往往有焉。雖輕訬頑冥、少年無賴者，亦皆口陳手指，頌寇而詬丁，若己之恩讎者，況耆舊有識者哉！

校勘記

〔一〕專邪黷貨　「邪」，稗海本作「權」。

卷下

65 謝絳

謝絳，吴人，雅秀有詞藻。景祐中，知制誥。然輕黠利唇吻，人罕測其心，時謂之「十一面觀音」〔一〕。與范諷同年，素爲范所薄。及龐籍訟諷，兩被黜。時王堯臣當制，絳求代草其詞，籍誥末云：「季孫行父之功，予不忘矣。」蓋指諷爲四凶也。論者益畏之。未幾，出守南陽，遂卒於官。疾亟，自噬舌，嘬其血肉。聞者深鑒之。

校勘記

〔一〕十一面觀音　稗海本作「士面觀音」。

66 范諷

范諷，齊人，性疎誕，不顧小節〔一〕。嘗忤外計，乃棄官，求監舒州靈仙觀。莊獻太后臨朝，聞其俊邁，召拜諫官。好大言捭闔，時亦有補益〔二〕，當塗者皆畏之。任三司使，闕略財計，議者以爲任不適其器〔三〕。好朋飲，高歌噭呼，或不冠幘，禮法之士深疾之。時人顔太初作東州逸黨詩以譏，識者亦以諷非廊廟器。未幾，被黜，遂卒。

校勘記

〔一〕不顧小節　「顧」，稗海本作「欲」。

〔二〕時亦有補益　「時亦」，稗海本、明抄本作「亦時」。

〔三〕議者以爲任不適其器　「爲」，稗海本作「謂」。

67 張洎獻狀述朝會之制

國家承五代大亂之餘，每朔望起居及常朝，並無仗衛，或數年始一立，名全仗〔一〕。當時人士或不識朝廷容衛〔二〕，迄今尚然〔三〕。太宗朝，嘗詔史館修撰楊徽之等校定入閤舊圖。時江南張洎獻狀，述朝會之制，得失明著。其要云〔四〕：「今之乾元殿，即唐之含元殿也。在周爲外朝，在唐爲大朝，冬至、元日，立全仗，朝百國，在此殿也。今之文德殿，即唐之宣政殿。在周爲中朝，在漢爲前殿〔五〕，在唐爲正衙，凡朔望起居，册拜后妃、皇太子、王公、大臣，對四夷君長〔六〕，試制策科舉人，在此殿也。昔東晉太極殿有東西閤，唐置紫宸上閤，法此制也。且人君恭己南面，嚮明而理，紫微黄屋，至尊至重。故巡幸則有大駕法從之盛，御殿則有勾陳羽衛之嚴。故雖隻日常朝，亦猶立仗，前代謂之入閤儀者。蓋隻日御紫宸上閤之時，先於宣政殿前立黄麾金吾仗，候勘契畢，唤仗即自東、西閤門入，故謂之入閤。今朝廷且以文德正衙權宜爲上閤，甚非憲度。況國家繼百王之後，天下隆平，凡曰憲章，咸從損益，惟視朝之禮，尚自因循。竊見長春殿正與文德殿南北相對，殿前地位連横，街亦甚廣博。伏請改創此殿作上閤，爲隻日立仗視朝之所；其崇德殿、崇政殿，即唐之延英殿是也，爲雙日常時聽斷之所〔七〕。庶乎臨御之式，允協前經。今輿論以入閤儀注爲朝廷非常之禮，甚無謂也。臣竊按舊史，中書、門下、御史臺謂之三署〔八〕，爲侍從供奉之官〔九〕。今常朝之日，侍從官先次入殿庭，東西立定，俟正班入，一時起居，其侍從官則東西對拜，甚失北面朝謁之禮。今請准舊儀，侍從官先次入，起居畢，在左右分行〔一〇〕，侍立於丹墀之下，故謂之蛾眉班。然後宰相率正班入起居，庶免侍從官有東西對拜之文，得遵正禮。」至慶曆三年，予知制誥時，始詔臺省侍從官隨宰相正班北面起居，其他則無所更焉。

校勘記

〔一〕名全仗　稗海本作「冬至仗」。

〔二〕當時人士或不識朝廷容衛　「當時」，稗海本、明抄本作「當世」。

〔三〕迄今尚然　「迄今」，稗海本作「至今」，明抄本作「迄至」。

〔四〕其要云　「要」，稗海本作「文」。

〔五〕在漢爲前殿　「前殿」，明抄本作「前朝」。

〔六〕對四夷君長　「四夷」，原作「外藩」，據稗海本、明抄本改。

〔七〕爲雙日常時聽斷之所　「所」，稗海本作「處所」。

〔八〕中書門下御史臺謂之三署　稗海本作「書門下御史事謂之日曆」。

〔九〕爲侍從供奉之官　「侍」，稗海本作「皆」。

〔一〇〕在左右分行　「在左右」，稗海本作「即左右」，明抄本作「在右左」。

68 范雍賦詩言夏事

夏寇既敗官軍，劉平、石元孫陷没，延州幾至不守。范雍日告朝廷益兵，復爲詩以言賊事，凡數十章〔一〕。其傳播者云：「七百里山界，飛沙與亂雲。虜騎擇虚至〔二〕，戍兵常忌分。嘯聚類宿鳥，奔散如驚麕。難稽守邊法〔三〕，應敵若絲棼。」又云：「承平廢邊事，備預久已亡。萬卒不知戰，兩城皆復湟〔四〕。輕敵謂小醜，視地固大荒。願因狂狡叛，從此葺兵防。」又云：「劇賊稱中寨中寨，賊勁悍者也〔五〕，驅馳甲鎧精。昔惟驚突騎〔六〕，今亦教攻城。伏險多邀擊，驅羸每玩兵〔七〕。拘俘詢虜事〔八〕，肉盡一無聲。」蓋延州屢得賊中諜者〔九〕，雖臠其肉且盡，終無一言，故雍詩有云。初，朝廷輕視元昊，邊臣奏請，不甚允從。至是，方罪樞臣而逐之。

校勘記

〔一〕凡數十章　「十」，稗海本作「千」。

〔二〕虜騎擇虚至　「虜騎」，原作「鐵騎」，據稗海本、明抄本改。

〔三〕難稽守邊法　「法」，稗海本作「謡」。

〔四〕兩城皆復湟　「湟」，稗海本作「隍」。

〔五〕賊勁悍者也　「賊」，稗海本作「賊之」。

〔六〕昔惟驚突騎　「驚突」，稗海本作「矜笑」。

〔七〕驅羸每玩兵　「玩」，明抄本作「排」。

〔八〕拘俘詢虜事　「虜」，原作「戰」，據稗海本、明抄本改。

〔九〕蓋延州屢得賊中諜者　「延州」，稗海本作「爲前」。

69 馮拯在中書

馮拯在中書，孔道輔初拜正言，造其第謝之。拯謂曰：「天子用君作諫官，豈宜私謝執政耶？」道輔慚伏而退。後嘗謂人曰：「如馮公者，未足爲賢相。然求之於今，亦未易有也。」

70 孔道輔急於進用

孔道輔自以聖人之後，常高自標置〔一〕，性剛介，急於進用。或有勸其少通者，答曰：「我豈姓張、姓李者耶！」聞者多笑之〔二〕。爲御史中丞，以事被黜，知鄆州，然非其罪，躁憤且甚。至胙縣，一夕，卒於驛舍。

校勘記

〔一〕常高自標置　「標置」，明抄本作「摽致」。

〔二〕聞者多笑之　「多」，五朝大觀本、稗海本、明抄本作「每」。

71 石介作擊蛇笏銘

孔道輔祥符中爲寧州軍事推官，州天慶觀有蛇妖，郡將而下〔一〕，日兩往拜焉。道輔以笏擊蛇首，斃焉，由是知名。後鄆人石介作擊蛇笏銘，其文甚激，今具載之，曰：「天地至大，有邪氣奸於其間，爲凶暴，爲戕賊，聽其肆行〔二〕，如天地卵育之，而莫能禦也。人生最靈〔三〕，或異類出於其表，爲蠱惑，爲妖怪，信其異端，如人蔽覆之而莫露也〔四〕。祥符中，寧州有蛇，極妖異，郡刺史而下，日兩至於其庭朝焉〔五〕。人以爲龍也，舉州內外遠近，罔不駿奔走於門以覲〔六〕，恭莊肅祇，無敢怠者。今龍圖閣待制孔公，時佐幕在是邦，亦隨郡刺史至於其庭。公曰：『明則有禮樂，幽則有鬼神。蛇惑吾民，亂吾俗〔七〕，殺無赦。』則以手板擊其首，遂斃於前，則蛇也無異焉。郡刺史而下，暨州内外遠近〔八〕，昭然發矇〔九〕，不能肆其凶殘，而成其妖惑。夫天地間有純剛至正之氣，或鍾於人〔一〇〕。人有死，物有盡，此氣不滅，烈烈彌然，亘億百世而長在。在堯爲指佞草，在魯爲孔子誅少正卯刃，在齊、在晉爲南、董筆，在漢武帝朝爲東方朔戟，在成帝朝爲朱雲劍，在東漢爲張綱輪，在唐爲韓愈論佛骨表、逐鱷魚文，爲段太尉擊朱泚笏，今爲公擊蛇笏。故佞人去，堯德聰〔一一〕；少正卯戮，孔法舉；罪趙盾，晉人懼；辟崔子，齊刑明；距董偃，折張禹；劾梁冀，漢室乂〔一二〕；佛教微，聖道行；鱷魚徙，潮患息；朱泚傷，唐朝振；怪蛇死〔一三〕，妖氣散。噫！天地鍾純剛至正之氣在公之笏，豈徒斃一蛇而已。軒陛之上〔一四〕，有罔上欺民、先意順旨者，公以此笏麾之〔一五〕；朝廷之内，有諛容佞色、附邪背正者，公以此笏擊之。夫如是，則軒陛之下不仁者去，廟堂之上無姦臣，朝廷之内無佞人，則笏之功也，豈止在於一蛇。銘曰：至正之氣，天地則有。笏惟靈物〔一六〕，氣乃能受。笏之爲物，純剛正直。公惟正人，公乃能得〔一七〕。故笏之在公〔一八〕，能破淫妖〔一九〕。公之在朝，讒人乃消。靈氣未竭，斯笏不折。正道未亡，斯笏不藏。惟公寶之，烈烈其光。」

校勘記

〔一〕郡將而下　「郡將」，稗海本作「郎將」。

〔二〕聽其肆行　「聽」，稗海本作「任」。

〔三〕人生最靈　「靈」，稗海本作「重」。

〔四〕如人蔽覆之而莫露也　「露」，稗海本作「能格」。

〔五〕日兩至於其庭朝焉　「朝」，稗海本作「拜」。

〔六〕罔不駿奔走於門以覲　「罔」，稗海本、明抄本作「無」。

〔七〕亂吾俗　「俗」，明抄本作「役」。

〔八〕郡刺史而下暨州内外遠近　「而」，原闕，據稗海本、明抄本補。明抄本「遠近」后有「庶民」二字。

〔九〕昭然發矇　「昭」，稗海本作「照」。

〔一〇〕或鍾於人　「或鍾」，稗海本作「鍾物」。

〔一一〕堯德聰　「聰」，稗海本作「明」。

〔一二〕漢室乂　稗海本作「興漢室」。

〔一三〕怪蛇死　「死」，稗海本作「殺」。

〔一四〕軒陛之上　「上」，稗海本作「下」。

〔一五〕公以此笏麾之　「麾」，稗海本作「擊」。

〔一六〕笏惟靈物　稗海本作「人惟靈物」，明抄本作「笏惟靈物色」。

〔一七〕公乃能得　「公」，稗海本作「笏」。

〔一八〕故笏之在公　「故笏」，稗海本作「去物」，明抄本作「去笏」。

〔一九〕能破淫妖　「淫妖」，稗海本作「邪妖」，明抄本作「妖淫」。

72 與夏國和議

夏寇叛擾累年〔一〕，官軍頻敗，關中物價翔踴，天下爲之騷動。朝廷欲與之約和，而未有以徠之。范仲淹帥延安，乃使人遺書元昊，稱朝廷仁貸惜民之意，許歲與金繒，勸其納款。書已行，始聞於朝，執政皆不喜。時宋庠參知政事，言仲淹專擅可斬〔二〕，辭甚堅忮。遂貶仲淹官，知耀州，以龐籍代之。籍亦屢致和意於賊，朝廷又密許籍以柄用，俟和議成然後召。賊乃遣其腹心楊守素入朝講約，易其名爲曩霄。朝廷亦遣使答之，然終不見元昊。久之，議乃定，歲賜銀絹各二十萬疋兩〔三〕、茶六萬餘斤〔四〕。遣張子奭等册元昊爲夏國王，復厚賜之。元昊遣人約子奭留於宥州，亦不相見，封册、重幣，如委之榛莽。子奭由此遷秩，籍入爲樞密副使，皆自以爲功焉。

校勘記

〔一〕夏寇叛擾累年　「寇」，稗海本、明抄本作「賊」。

〔二〕言仲淹專擅可斬　「專擅」，明抄本作「專輒」。

〔三〕歲賜銀絹各二十萬疋兩　「兩」，稗海本作「而」。

〔四〕茶六萬餘斤　「餘」，稗海本、明抄本作「大」。

73 契丹求關南之地

契丹知王師屢爲元昊所衂，遂有輕中夏之心。忽遣使蕭英、劉六符貽書求關南之地，意謂本石晉所貽舊疆，爲周世宗所取，今當復歸於北。乃述世宗取地之後，有「人神共憤，廟社不延」之語，自謂與元昊素定君臣之分，世爲甥舅之親。又云：「殊無忌器之嫌，輒肆殘人之伐。」英等既入境，乃嘯聚雜虜於幽薊之北以脅我〔一〕。朝廷乃遣富弼報聘，許歲增金幣，以代關南賦輸。虜主宗真對弼語言忽慢〔二〕，謂朝廷輕重在我，與弼言詞往反數日，方許納幣。弼歸朝〔三〕，定議別立誓書以往，遂歲增銀十萬兩、絹十萬疋，通前數每歲五十萬矣。前所與歲幣，皆虜遣人至雄州交取。至是，弼許輦至虜界白溝〔四〕，宗真方許之。

輦畜之費，益不勝其斂矣。又云：「朝廷使介至北，位序甚高；北使至朝廷，則座列頗卑。今既敵國，禮宜均比。」朝廷亦從之。由是虜勢益驕矣〔五〕。

校勘記

〔一〕乃嘯聚雜虜於幽薊之北以脅我　「雜虜」，原作「群黨」，據稗海本、明抄本改。「脅」，稗海本作「堅」，明抄本作「助」。

〔二〕虜主宗真對弼語言忽慢　「虜主」，原作「遼主」，據稗海本、明抄本改。

〔三〕弼歸朝　「朝」，稗海本作「朝廷」。

〔四〕皆虜遣人至雄州交取至是弼許輦至虜界白溝　兩處「虜」，原作「彼」，據稗海本、明抄本改。

〔五〕由是虜勢益驕矣　「虜」，原作「敵」，據稗海本、明抄本改。

74 富弼使契丹

富弼使契丹報聘，再立盟約。時呂夷簡方在相位，命弼諷契丹諭元昊，使納款。宗真當其言〔一〕，謂可指麾立定，遂遣使詣元昊〔二〕，諭以朝廷之意，元昊但依隨而已。及楊守素至延州，道元昊語曰：「朝廷果欲議和，但當下諭本國，何煩轉求。」契丹界夾山部落呆家等族離叛〔三〕，多附元昊。契丹以詞責問，元昊辭不報，自稱西朝，謂契丹爲北邊。又言請戢所管部落〔四〕，所貴不失兩朝歡好。宗真既以彊盛誇於中國，深耻之，乃舉衆西伐，聚兵於雲州西約五百里夾山之側，國内擾動〔五〕，糧餽相繼。先是，契丹預峙芻茭，以備冬計。元昊密令人焚之殆盡，且多餓死。及與戰，遂敗。懼朝廷知之，乃出牓幽州，稱元昊歸款，自以誇大。其略云：「元昊曩自先朝，求爲鉅援，拒一方之裂壤〔六〕，迨三世以襲封。」又云「梟音易變，犬態多端，忘牢豢之深恩〔七〕，肆狂悖之凶性。擅誘邊俗，巧諜歡鄰。罪既貫盈，理當難赦。是用躬驅鋭旅，往覆危巢。方邇賊庭，乞修覲禮〔八〕」云云。然燕人皆知其妄。我之諜者又見輿尸重傷者相繼〔九〕，自西而至，其敗益明。然深自藏蔽，懼爲朝廷所知。

校勘記

〔一〕宗真當其言　「當」，稗海本作「當是」。

〔二〕遂遣使詣元昊　「遂」，稗海本作「退」。

〔三〕契丹界夾山部落呆家等族離叛　「夾山」，稗海本作「夾西」。

〔四〕又言請戢所管部落　「請」，稗海本、明抄本作「清」。

〔五〕國内擾動　「擾動」，稗海本作「搔動」。

〔六〕拒一方之裂壤　「拒」，稗海本、明抄本作「據」。

〔七〕忘牢豢之深恩　「牢豢」，稗海本作「牢養」。

〔八〕乞修覲禮　「覲」，稗海本作「觀」。

〔九〕我之諜者又見輿尸重傷者相繼　稗海本「見」後有一「其」字。

75 元昊未叛前

元昊未叛前，其部落山遇者歸延州，告其謀。時天章閣待制郭勸守延州，乃械錮還賊，示朝廷不疑之意。賊戮其族無遺類。由是，西人怨懼，嚮化之心絶矣。賊爲患既劇，朝廷降詔購募，賊中有僞署名職至卑如埋移香者，輸誠歸款〔一〕，朝廷重其封禄，至以郡王待之，亦終不至。賊黨益固矣。

校勘記

〔一〕輸誠歸款　「輸誠」，稗海本作「作輸」，明抄本作「詐輸」。

76 翰林學士宋祁言貢舉條例

慶曆三年，既放春榜，時議以爲取士浮薄寖久，士行不察，學無根原，宜新制約，以救其弊。執政與言事者意頗符同，乃敕兩制及御史臺詳定貢舉條制。翰林學士宋祁等上言：「伏以取士之方，必求其實；用人之術，當盡其材。今教不本於學校，士不察於鄉里，則不能覈名實；有司束以聲病〔一〕，學者專於記誦，則不足盡人材，此獻議者所共以爲言也。臣等參考衆說，擇其便於今者〔二〕，莫若使士皆土著，而教之於學校，然後州縣察其履行，則學者修飾矣，故謂立學合保薦送之法。夫上之所好，下之所趨也。今先策論〔三〕，則文辭者留心於治亂矣；簡其程式，則閎博者得以馳騁矣〔四〕；問以大義，則執經者不專於記誦矣。其詩賦之未能自肆者，雜用今體；經術之未能亟通者，當依舊科〔五〕，則中材之人皆可勉及矣〔六〕。此所謂盡人之材也。故惟先試策論，次簡詩賦考式〔七〕，問諸科文義之法。此數者，其大要也。其州郡彌封謄録、進士、諸科、經帖之類，皆細碎而無益者，一切罷之。凡爲法者，皆申之以賞罰而勸焉。如此則養士有素，取材不遺。苟可施行，望賜裁擇其要，令天下州郡並立學校，至秋試投狀，必由入學聽習，方許取應進士。並先試策，問以經史時務，次試詩賦，以舊制詞賦聲病偶切拘檢太甚，今依自來所試賦格外，特許依倣唐人賦體。諸科舊制：對墨義外，有能明於經旨，願對大義者〔八〕，直取聖賢意義解釋，或以諸書引證，不須具注疏。」尋降敕旨：「夫儒者，通天、地、人之理〔九〕，而兼古今治亂之源〔一〇〕，可謂博矣。然學者不得騁其説，而有司務先聲病以牽制之，則吾豪儁奇偉之士〔一一〕，何以奮焉？士有純明朴茂之美〔一二〕，而無興學養成之法〔一三〕，其飭身勵節者〔一四〕，使與不肖之人雜而並進，則夫懿德敏行之賢，何以見焉？此取士之甚弊，而學者自以爲患，議者屢以爲言。朕慎於改更〔一五〕，比令詳酌，仍詔宰府加之參定〔一六〕。皆以謂本學校以教之，然後可求其行實。先策論〔一七〕，則辯理者得盡其説；簡程式，則閎博者可見其材。至於經術之家，稍增新制，兼行舊式，以勉中人。其煩法細文，一皆罷去，明其賞罰，俾各勸焉。如此則待士之意周，取人之道廣。夫遇人以薄者，不可責其厚。今朕建學興善，以尊士大夫之行〔一八〕，而更制革弊，以盡學者之才，其於教育之方，勤亦至矣。有司其務嚴訓導、精舉察，以稱朕意；學者其思進德修業，而無失其時。凡所科條，可爲永式。」詔既下，人争務學，風俗一變。未幾〔一九〕，首議者多出外官〔二〇〕。所見不同，競興譏詆，以謂俗儒是古非今〔二一〕，不足爲法。遂追止前詔，學者亦廢焉。

校勘記

〔一〕有司束以聲病　「束」，稗海本作「專」。

〔二〕擇其便於今者　「者」，稗海本作「日」。

〔三〕今先策論　稗海本「先」後有一「試」字。

〔四〕則閎博者得以馳騁矣　稗海本「者」後有一「咸」字。

〔五〕當依舊科　「科」，稗海本作「註」。

〔六〕則中材之人皆可勉及矣　「中材」，稗海本作「科中」。

〔七〕故惟先試策論次簡詩賦考式　稗海本作「故爲先策論過落簡詩賦考式」。

〔八〕有能明於經旨願對大義者　「於」，稗海本作「扢」。

〔九〕通天地人之理　「通」，稗海本作「通乎」。

〔一〇〕而兼古今治亂之源　「兼」，稗海本作「兼明」。

〔一一〕則吾豪儁奇偉之士　「吾」，稗海本作「夫」。

〔一二〕士有純明朴茂之美　「朴茂之美」，稗海本作「朴美之茂」。

〔一三〕而無興學養成之法　「無興學」，明抄本作「與學」。

〔一四〕其飭身勵節者　「飭」，稗海本作「飾」。

〔一五〕朕慎於改更　「慎於」，稗海本作「願與」。

〔一六〕仍詔宰府加之參定　「詔」，稗海本作「照」。

〔一七〕先策論　「策論」，稗海本作「論策」。

〔一八〕以尊士大夫之行　「士」，明抄本作「子」。

〔一九〕未幾　稗海本作「未能幾」。

〔二〇〕首議者多出外官　「首」，稗海本作「道」。

〔二一〕以謂俗儒是古非今　「以謂」，稗海本作「以爲」。

77 契丹立石晉

契丹自阿保機雄據燕北之地〔一〕，修其國有威法〔二〕，諸國遂漸爲所制〔三〕。常得中國所賜紈錦，以其尤精緻者籍地，使牧豎污踐之。親近者或問其故，曰：「我國他日富盛，是等固當踐之。」其用意驕貪侈毒〔四〕，豈易盈哉！自石晉求援，爲耶律德光所立，約爲父子之國，歲輸絹三十萬，舉鴈門以北及幽州之地爲德光壽〔五〕。自是失其控壓之要，縻之無全策矣。虜雖時有聘問〔六〕，不過豐貂大腊，頗駿數四而已。其鄰國曰渤海、女真、室韋、達靼、奚霫之類，皆君奉之。其民强而善戰〔七〕，堪艱苦，但衆寡不侔，故爲所制耳。梁及後唐時，尚有來貢者〔八〕，自是阻閡〔九〕，偪於彊力。晉高祖時，桑維翰疏云：「契丹自數年來最爲彊盛，侵伐鄰國，吞滅諸蕃。」蓋謂是也。每興兵擾塞，則傳一矢爲信，諸國皆震懼奔會，無後期者。每戰必銜枚無諠，傳指顧令〔一〇〕，統帥之下，各有部隊〔一一〕。晝則望旗幟〔一二〕，遇夜則或鳴鉦，或吹蠡角，或爲禽鳥之聲，各隨部隊，撤卷而去〔一三〕，至明不遺一騎〔一四〕。軍令至峻，常以什伍相分。一人趨敵，則什伍俱前，緩急不相赴援〔一五〕，則盡誅之，故其人能死戰。而又山後郡縣，俗情篤實，高上氣武〔一六〕，士、農、商、工，四者俱備，以資其用。其主雖遷徙出入，非廬帳不居，然有垣壘宮室矣；其民雖瘃墮寒冽〔一七〕，非旃毳不禦，然有衣服染績矣。自開運中德光亂華〔一八〕，盡得晉朝帑實〔一九〕、圖書。服器工巧事，多摹擬中國〔二〇〕，久而益盛矣。始石晉時，關南、山後，初莅虜民，既不樂附，又爲虜所侵辱日久〔二一〕，企思中國聲教，常若婾息苟生。周世宗止平關南，功不克就。歲月既久，漢民宿齒盡逝，新少者漸服習不怪〔二二〕，甚至右虜而下漢〔二三〕。其間士人及有識者，亦嘗悵然，無可奈何。

校勘記

〔一〕契丹自阿保機雄據燕北之地　「阿保機」，原作「安巴堅」，據稗海本、明抄本改。

〔二〕修其國有威法　「有」，稗海本作「之」。

〔三〕諸國遂漸爲所制　「所」，原闕，據稗海本補。

〔四〕其用意驕貪侈毒　「驕」，明抄本作「規」。

〔五〕舉鴈門以北及幽州之地爲德光壽　「及」，明抄本作「又」。

〔六〕虜雖時有聘問　「虜」，原作「彼」，據稗海本、明抄本改。

〔七〕其民强而善戰　「强而善戰」，稗海本、明抄本作「慓鷙善鬭」。

〔八〕尚有來貢者　「來」，稗海本作「未」。

〔九〕自是阻閡　「阻閡」，稗海本作「阻門」。

〔一〇〕傳指顧令　稗海本作「專顧指令」。

〔一一〕各有部隊　「部隊」，稗海本作「部陳」。

〔一二〕晝則望旗幟　稗海本「晝」下有一「戰」字。

〔一三〕撤卷而去　「撤」，稗海本作「撤」。

〔一四〕至明不遺一騎　「騎」，稗海本作「旗」。

〔一五〕則什伍俱前緩急不相赴援　「俱前緩急」，稗海本作「助前後急」。

〔一六〕高上氣武　「氣武」，稗海本作「武士」。

〔一七〕其民雖瘃墮寒冽　「寒」，稗海本作「塞」。

〔一八〕自開運中德光亂華　「亂華」，原作「入汴」，據稗海本、明抄本改。

〔一九〕盡得晉朝帑實　「晉朝」，稗海本作「吾朝」。

〔二〇〕多摹擬中國　「摹」，稗海本作「慕」。

〔二一〕初莅虜民既不樂附又爲虜所侵辱日久　兩處「虜」，原作「彼」，據稗海本、明抄本改。

〔二二〕新少者漸服習不怪　「服」，稗海本作「便」。

〔二三〕甚至右虜而下漢　稗海本作「然居常右虜下漢」，明抄本作「然常居右虜下漢」。「虜」，原作「彼」，據稗海本、明抄本改。

78 太宗乘鋭壓其境

太宗既夷并壘，乘鋭直壓其境。國中駭怖，不知所爲。其主與左右聚議，皆曰：「中朝皇帝此來，但欲恢復土宇，幽州垂陷矣，不可不救之。敗則委棄深遁，未爲晚也。中國既得山後郡縣，必不困蹙侵害，我乃傾國抗敵〔一〕，遂能保有其土。彼民復失所望矣。」自後遣將出師，蹈其境界，頓其營壘〔二〕，皆欲請命送款〔三〕，然未能攘奸掃穢〔四〕，料取全勝，亦彼民之不幸乎？爾後河朔之民，數被其毒，驅掠善良入國中，分諸路落，鞭笞陵辱，酷不可聞。漢民每被分時，父母妻子各隨虜騎而去〔五〕，號哭之聲，震動天地，見者爲之變色〔六〕，聞者無不傷心焉。及真宗幸澶淵親征，遂與盟，歲給金繒。虜亦深入自驚〔七〕，恐王師遮屯要害，斷其歸路，欣然奉約。自是，河朔之民漸有生意矣。

校勘記

〔一〕我乃傾國抗敵　「抗」，稗海本作「挽」。

〔二〕頓其營壘　「頓」，稗海本作「顚」。

〔三〕皆欲請命送款　「請命」，稗海本作「待命」。

〔四〕然未能攘奸掃穢　「攘奸掃穢」，原作「一戰而捷」，據稗海本、明抄本改。

〔五〕父母妻子各隨虜騎而去　「虜」，原作「敵」，據稗海本、明抄本改。「父母妻子」，稗海本作「夫妻母子」。

〔六〕見者爲之變色　「見者」，明抄本作「風雲」，稗海本作「風雲多」。

〔七〕虜亦深入自驚　「虜」，原作「彼」，據稗海本、明抄本改。「亦深入」，稗海本作「人」。

79 真宗與北戎修好

真宗與北戎修好〔一〕，遣使稱北朝，公卿以下，謂事適然〔二〕，無異論。時王曾爲著作郎、直史館，獨抗章曰：「古者尊中國，賤夷狄，直若手足〔三〕。二漢雖議和親，然禮亦不至均。今若是，是與之抗立，首足並處，失孰甚焉！臣恐久之非但並處，又病倒植〔四〕，顧其國號契丹足矣。」〔五〕真宗深所賞激。然使者業已往，遂已。識者是之。

校勘記

〔一〕真宗與北戎修好　「北戎」，原作「北國」，據稗海本、明抄本改。

〔二〕公卿以下謂事適然　「下謂」，稗海本作「丁謂」。

〔三〕古者尊中國賤夷狄直若手足　此句原闕，據稗海本、明抄本補。「直」，稗海本作「真」。

〔四〕又病倒植　「病」，明抄本作「並」。

〔五〕顧其國號契丹足矣　「顧」，明抄本作「願」。

80 王曾知審刑院

王曾知審刑院，法有違制者〔一〕，報徙〔二〕，曾請非親近以失論，從杖〔三〕。既而外郡有以是具獄聞者，真宗怒，詔令如法。曾執前議，上謹容曰：「若卿議〔四〕，是無違制者。」曾對曰：「如詔旨，亦不復有失者〔五〕。天下之廣，豈人人盡知制耶？唯上裁幸。」上悟，欣然從其議。因著爲令。

校勘記

〔一〕法有違制者　「有違制者」，稗海本作「首違制」。

〔二〕報徒　「徒」，稗海本、明抄本作「徒」。

〔三〕曾請非親近以失論從杖　「近」，稗海本、明抄本作「被之」。

〔四〕若卿議　「卿」，明抄本作「輕」。

〔五〕亦不復有失者　「不復」，稗海本作「不免」。

81 王曾大節邦家賴焉

真宗疾彌留〔一〕，皇太子決政資善堂。劉太后諷宰相丁謂，謀臨朝，物議憂疑。王曾説后戚錢惟演曰：「帝仁孝，結於民心深矣。今適不豫，且大漸，天下莫不屬吾儲君〔二〕。而皇后遂欲稱制，以疑百姓，公不見吕、武之事乎，誰肯附者？必如所謀，劉氏無處矣。公實后肺腑，何不入白？即帝不諱，立儲爲君，后輔政以居，此萬世之福也。」后悟，不復有他志。及皇儲踐阼，遺詔軍國事權聽后旨，議法久未決。丁謂沿后素志〔三〕，乃上議：「太后朝近臣，處大政；皇帝朝朔望，獨見群臣。餘庶務〔四〕，令入内押班雷允恭傳奏禁中，取可否即下，不以覆〔五〕。」謂黨皆附和，以爲便。曾對曰：「天下公器，豈可兩宫異位？又政出宦人〔六〕，亂之本也。不可。」乃引後漢馬、鄧故事，奏：「凡御朝，帝坐左，母后坐右，而加簾焉。奏事以次，如常儀。」納之。已而治定陵，謂果與允恭謀改吉卜，幸咎禍〔七〕，事敗抵罪。謂黨佑之曰：「謂首被顧託，請以議功。」曾曰：「謂事干宗社，議功不及。」卒放謂於朱崖〔八〕，佑者亦廢。先是，謂用事，威賞皆專達，不請於朝。謂已竄，馮拯繼爲上相，復躡故迹。曾喻以禍福，拯深怨之〔九〕。自是，事皆決於兩宫。然太后稍自尊侈，既上尊號，乃欲御天安殿路寢受册〔一〇〕。曾執不從，遂降御文德。由是，大失太后意旨。及玉清宫災，曾爲宫使，乃免相，出知青州。知者謂曾之大節，邦家賴焉。

校勘記

〔一〕真宗疾彌留　「彌」，稗海本作「革」，「留」屬下句。

〔二〕天下莫不屬吾儲君　「吾」，稗海本作「於」。

〔三〕丁謂沿后素志　「沿后素志」，稗海本作「迎后意」。

〔四〕餘庶務　「餘」，稗海本作「餘日」。

〔五〕不以覆　稗海本作「中書覆」。

〔六〕又政出宦人　「宦人」，稗海本作「宵人」。

〔七〕謂果與允恭謀改吉卜幸咎禍　「吉卜」，稗海本作「吉旦」。「咎」，稗海本作「各」。

〔八〕卒放謂於朱崖　「朱崖」，稗海本、明抄本作「珠崖」。

〔九〕拯深怨之　「怨」，稗海本、明抄本作「怒」。

〔一〇〕乃欲御天安殿路寢受册　稗海本無「路寢」二字，明抄本「天安」與「寢受册」之間空兩格。

82 李昉言都省議事

故相李昉，嘗謂其子宗諤曰：「自太祖臨御以來，百司人吏，難於選補，臺省舊規〔一〕，漸成廢墮。吾罷相爲右僕射，都省並無舊吏，惟私名散官數人，主掌案籍而已。舉措應對，山野特甚，省中故事，懵然不知。會敕集三署官議事，省吏以狀來報，吾詰之曰〔二〕：『三署官議事，僕射入省乎？』曰：『不知也。』『臺省官與丞郎尚書雜坐乎？』曰：『不知也。』『掌名表郎官與監議御史何向而坐？』曰：『不知也。』『左右丞與尚書坐，孰爲主？』曰：『不知也。』吾爲主客郎掌誥日，時尚書張昭〔三〕、李濤、楊昭儉〔四〕、右丞趙上交、中丞劉温叟以耆儒宿德，俱在班行，屢陪諸公於都省議事。大凡在内庭論職不論官，入都省論官不論職。如學士帶兩省官及都省官〔五〕，議事之日入都省，並綴本班坐。每議事，有司於都堂陳帟幕，設左右丞坐於堂之東北，面南向；設中丞坐於堂之西北，面南向；設尚書、侍郎坐於堂之東廂，面西向；設兩省常侍、舍人、諫議坐於堂之西廂，面東向；設知名表郎官坐於堂之東南，面北向；設監議御史坐於堂之西南〔六〕，面北向。又設左右司郎中、員外坐於左右丞之後，設諸司郎中員外坐於尚書、侍郎之後〔七〕，設起居、司諫、正言坐於給舍諫議之後〔八〕，並重行異位。故事：左右僕射、侍中、中書令，是爲四相。自唐開元之後，僕射不知政事，然非軍國大事，不入省會議。議事之日，三署官早赴省就次，所司先以所議事狀徧呈郎官〔九〕，略知大意〔一〇〕，然後所司引知名表郎官執所議黄卷升廳，就本位立，次引監議御史、次引小兩省官、次引郎中員外、次引三院御史中丞，各就本位。然後左右丞升廳，所司抗聲曰：『揖。』群官揖訖，各就坐。知名表郎官以黄卷授所司，捧詣左右丞，左右丞執卷展讀訖〔一一〕，然後授於中丞，中丞授於尚書、侍郎，徧至群官讀訖，復授於知名表郎官，始命進飲食。所司捧筆研，立於左右丞之前，一吏抗聲曰：『請定議。』左右丞揖群官訖，然後乃取幅紙〔一二〕，書所議事，署字於其下〔一三〕，徧授四座。監議御史命一吏抗聲曰：『有所見不同者，請不署字。』食既訖，所司復抗聲曰：『食畢，揖。』群官對揖訖，各降堦，出就本位。以所議可否，共列狀進入，以官高者爲表首，異議者於閤門别進狀論列〔一四〕。如諸司三品以上、武班二品以上，並入省議事。即諸司三品坐於尚書、侍郎之南，東宫一品坐於尚書郎之前〔一五〕，武班二品坐於給舍之南，並絶席異位。如議大事，僕射、御史大夫入省，惟僕射至廳下馬，餘官並門外下馬。設僕射大夫位於左右丞之前，並重行異位，執筆署字〔一六〕，皆僕射專之矣。故徐鉉在省，多知典故，亦言江南見舊儒所説議事之儀，與吾所記略同。因命寫一圖授省吏，未知此輩能遵守否？」當昉言此時，都省猶時復議事。近年以來，此事都廢，惟議謚法，則群官一集於都省。郎官由經科入仕者，多不知學術，但飲食署字而已。議罷出省，人或問其所議，有全不知所謂者。兩制中淺隘者〔一七〕，又耻與諸曹次列〔一八〕，多辭以故，不赴集，由是體益隳焉。

校勘記

〔一〕臺省舊規　「臺」，稗海本作「一」。

〔二〕吾詰之曰　「詰」，稗海本作「語」。

〔三〕時尚書張昭　「張昭」，原作「張詔」，稗海本作「張昭」。按宋史卷四百二張詔傳，張詔乃南宋初年武將，當非此人。宋史卷二百六十三有張昭傳，記載其「宋初，拜吏部尚書」，當爲此人，故據稗海本改。

〔四〕楊昭儉　「儉」原作「侃」，諸本同。按宋史中無「楊昭侃」其人，卷三百六十九有楊昭儉傳，記載其在太祖時以工部尚書致仕，太宗即位，就加禮部尚書，當爲此人，據改。

〔五〕如學士帶兩省官及都省官　稗海本作「學士帶西省官」。

〔六〕設監議御史坐於堂之西南　「監議御史」，稗海本作「諫議大夫」。

〔七〕設諸司郎中員外坐於尚書侍郎之後　「諸司」，明抄本作「諸行」。

〔八〕設起居司諫正言坐於給舍諫議之後　「正言」，明抄本作「正官」。

〔九〕所司先以所議事狀徧呈郎官　「徧」，稗海本作「扁」。

〔一〇〕略知大意　「知」，稗海本作「告」。

〔一一〕左右丞執卷展讀訖　「讀」，稗海本作「書」。

〔一二〕然後乃取幅紙　「乃取」，稗海本作「以一」。

〔一三〕書所議事署字於其下　稗海本作「書所議字署事於其下」。

〔一四〕異議者於閣門別進狀論列　「閣」，稗海本作「閤」。

〔一五〕東宮一品坐於尚書郎之前　「尚書郎」，稗海本作「尚書侍郎」。

〔一六〕執筆署字　「執」，稗海本作「揖」。

〔一七〕兩制中淺隘者　「淺隘」，稗海本作「淺陋」。

〔一八〕又恥與諸曹次列　「諸」字原闕，據稗海本補。

83 夏寇擾邊

夏寇擾邊，關中科斂頻仍，民力大困。掌計漕者遷徙靡寧〔一〕，無久職之計。人户逃移幾半，公私窘蹙。及吴遵路爲都轉運使，雖究意利害，而分九等户爲三十七等，以均傜役。然民益怨擾，不知所措。

校勘記

〔一〕掌計漕者遷徙靡寧　「漕」，稗海本、明抄本作「簿」。

84 契丹開舉選

契丹既有幽薊及鴈門以北，亦開舉選，以收士人。幽州劉氏昆弟，其名曰：二玄、三嘏、四端、五常、六符，皆被任遇〔一〕。三嘏、四端復尚公主〔二〕。慶曆四年秋，三嘏携嬖妾偕一子投廣信軍，詞情悲切，自言公主皆有所私〔三〕，久已離異，今秋虜主迫令再合〔四〕，公主兇狠，必欲殺其妾與子，故歸朝廷。頗論其國中機事〔五〕，言虜主已西伐元昊〔六〕，幽薊空虛〔七〕，我舉必克。所陳凡七事〔八〕，復爲詩以自陳，云：「雖慚涔勺赴滄溟，仰訴丹衷不爲名。寅分星辰將降禍，兑方疆宇即交兵。春秋大義惟觀釁，王者雄師但有征。救取燕民歸舊主〔九〕，免於戎虜歲稱兄〔一〇〕。」朝廷以誓約既久，三㝹虜壻〔一一〕，位顯，恐納之生釁。又移文邊郡，躡知三㝹來迹〔一二〕，求索峻切，期於必得，不則舉兵隳好矣〔一三〕。朝廷乃遣還。三㝹復由西山路入定州境，所至以金賂村民，求宿食，勢益窘，定帥遣人搜索，拘送虜界〔一四〕。比三㝹至幽州，其妻已先在矣，乃殺其妾與子，械三㝹送虜主帳前〔一五〕。以其舅弟皆方委任，遂貰三㝹死〔一六〕，使人監錮之。議者深歎惜其事。

校勘記

〔一〕皆被任遇　稗海本作「皆在被遇」。

〔二〕三㝹四端復尚公主　「公主」，稗海本、明抄本作「僞主」。以下二「公主」同。

〔三〕自言公主皆有所私　「公主」，稗海本作「僞主兇狠」。

〔四〕今秋虜主迫令再合　「虜」，原作「其」，據稗海本、明抄本改。「迫」，稗海本作「逼」。

〔五〕頗論其國中機事　「論」，稗海本作「詢」。

〔六〕言虜主已西伐元昊　「虜主」，原作「其主」，稗海本作「虜王」，明抄本作「虜主」，據改。

〔七〕幽薊空虚　「空」，稗海本作「已」。

〔八〕所陳凡七事　「陳」，稗海本作「謀」。

〔九〕救取燕民歸舊主　「救取」，稗海本作「救得」。

〔一〇〕免於戎虜歲稱兄　「戎虜」，原作「異國」，據稗海本、明抄本改。「歲」，稗海本作「自」。

〔一一〕三蝦虜壻　「虜」，原作「彼」，據稗海本、明抄本改。

〔一二〕躡知三蝦來迹　「來迹」，稗海本作「未還」。

〔一三〕不則舉兵隳好矣　「不」，稗海本作「不然」。

〔一四〕拘送虜界　「虜」，原作「彼」，據稗海本、明抄本改。

〔一五〕械三蝦送虜主帳前　「虜」，原作「國」，據稗海本、明抄本改。

〔一六〕遂貰三蝦死　「貰」，稗海本作「貸」。

85 劉筠在翰林守正不爲阿附

天禧末，真宗聖躬多不豫。丁謂當國，恣行威福。時劉筠在翰林，守正不爲阿附，謂深嫉之。筠乃求出爲郡，止授諫議大夫，守廬州〔一〕。筠拜章求兼集賢院學士，謂沮之不與。筠舟至淮上，遇水暴漲，作詩云：「行行極目天無柱，渺渺横流浪有花。客子方思舟下碇，陰虬自喜海爲家。村遥樹列晴川薺〔二〕，岸闊牛分觸氏蝸〔三〕。鳶嘯風高誠可畏，此情難諭坎中蛙。」識者美其憂思之深遠焉。謂敗，復召入翰林爲學士，以詩别同僚云：「一辭鑾署忝英藩〔四〕，兩見黄華媚翠罇〔五〕。政懦每憐民若子，歲豐還喜稻成孫。離愁且飲賢人酒〔六〕，密對須求長者言。入奉清朝咸一德〔七〕，晨趨豈歎鬢霜繁。」

校勘記

〔一〕守廬州　「廬州」，稗海本作「廬江」。

〔二〕村遥樹列晴川薺　「晴川薺」，稗海本作「清江霽」。

〔三〕岸闊牛分觸氏蝸　「牛」，稗海本作「平」。

〔四〕一辭鑾署忝英藩　「忝英藩」，稗海本作「守英蕃」。

〔五〕兩見黄華媚翠罇　「黄華」，稗海本作「廬峰」。

〔六〕離愁且飲賢人酒　「賢人」，稗海本作「閑人」。

〔七〕入奉清朝咸一德　「咸」，稗海本作「同」。

86 布衣周啓明

祥符中，中書試制舉人六論畢，呂夷簡及布衣周啓明將被親策。執政以爲封禪有期，將告成功於天下，不當復訪人以得失，遂報罷。夷簡特升職倅郡〔一〕，啓明免將來進士鄉薦。啓明乃歸括蒼隱居，聚徒講學，不復仕進。時論高之。

校勘記

〔一〕夷簡特升職倅郡　「倅郡」，稗海本作「位倅」。

87 江南徐鉉歸朝

江南徐鉉歸朝，儒筆履素，爲中朝士大夫所重。王溥、王祜與之交款〔二〕，李至、蘇易簡咸師資之。李穆尚書有清識，嘗語人曰：「吾觀江表冠蓋，若中立有道之士，惟徐公近之耳。」平居自奉寡儉，食無重肉。人或問其故，鉉曰：「亡國之大夫，已多矣。」時王師已圍建業，李後主欲命使於交兵之間，左右咸有難色。鉉乃請行〔三〕，後主撫之泣下，曰：「時危見臣節，汝有之矣。」後太宗詔鉉撰江南録，末乃云：「天命歸於有宋，非人謀之所及。」太宗頗不悦。又其國潘佑以直諫被誅，鉉深毁短之。知者謂其隱惡太過，非直筆也。

校勘記

〔一〕王祜與之交款　「王祜」，原作「王祐」。據程應鏐讀宋史札記（載上海師範大學學報一九八一年第二期），當作「王祜」。

〔二〕鉉乃請行　「請」，稗海本作「徒」。

88 夏國元昊取契丹女

夏國元昊取契丹女，僞號興平公主〔一〕，乃宗真之姊也。元昊待之甚薄。因晚被病〔二〕，元昊亦不往視之，以至於殁。宗真雖忿恨，然亦無如之何，但遣使慰問之而已。朝廷不知其故，以爲元昊畏耶律之彊，諷宗真使促元昊歸款，失之甚矣。

校勘記

〔一〕僞號興平公主　「僞號」，原作「號爲」，據稗海本、明抄本改。

〔二〕因晚被病 稗海本作「因病被脱」。

89 范仲淹言吕夷簡出知饒州

范仲淹以天章閣待制權尹京府，自以言事被用，以諫諍爲己責。吕夷簡作相，氣勢熏炎，無敢迕者。仲淹屢犯其鋒，夷簡深懷忌憚，但博示含容〔一〕，以親仲淹。仲淹終不合，每對上言夷簡纖邪不忠〔二〕，宜制其漸，因泛論漢世莽、卓，階亂有胎〔三〕，由辨之不早致然〔四〕。其語漏泄，譖愬者日至矣。上遂疑仲淹離間大臣，儌幸進取，落待制職，出知饒州。言事官無敢辨之者，皆言仲淹不當指夷簡爲莽、卓。時尹洙、余靖、歐陽脩皆讎書三館，相與憤切。洙遂詣政府，請與仲淹皆貶爲黨人〔五〕。靖上書言：「臣聞位疎而言親者〔六〕，罪也；知淺而言深者，妄也。臣故抵罪、抵妄，輒有開陳者，懷忠事君，不敢自愛，萬一益國，雖死無恨。伏聞今月九日，以吏部員外郎、天章閣待制范仲淹落職，守本命〔七〕，差知饒州。臣竊謂仲淹秉忠朴之心，懷直諒之節，不識忌諱，有可矜愍。觀其臨事不苟〔八〕，言必忤上，竭忠奉國，夫豈私其身哉？去歲自貶所召，居顧問之職〔九〕，爾時正人端士，酌酒相賀，喜陛下納善思治〔一〇〕，招徠忠讜，真聖帝哲王聰明之政也〔一一〕。今兹遽聞以言獲罪〔一二〕，左降僻遠，事出不意，驚動耳目。何其進之太暴，而退之太速乎？然則仲淹若以官政闕失，自取罪戾，國有常典，誰敢議之。今以刺譏大臣，指訐時政，而不示含恕〔一三〕，重加譴謫，臣深爲陛下不取也。昔堯、舜之帝，商、周之王，嘗云諤諤以昌，不聞誹謗爲罪。況仲淹前所言在陛下母子夫婦之間，犯顔逆耳，最其大者〔一四〕，以其言合典禮，尚加優獎。正人端士所以相賀者，以陛下屈情狗道，超越前古若是者也。今因進對之際，言大臣前短，縱令謀論疎闊，褒貶過當，斷在陛下聽與不聽耳，安可與讒邪同罪乎？至如汲黯在庭，毁平津之多詐〔一五〕；張昭論將，以魯肅爲粗疎。漢帝、吴王熟聞此議，兩用無猜，豈損令德？臣今越職而言者，非不知百官内外，各有職分，但以諫官、御史畏罪而未言，遂恐庶人之議不得上達，故敢不避誅放。臣之所言，亦非營救仲淹。何則？仲淹自大理寺丞，四五年間，至吏部員外郎，比於常流〔一六〕，此乃踰涯之寵。今雖落職，寔於仲淹之身未有所損，但所論者，國家大體耳。古者斥去直臣〔一七〕，皆玷累盛德，故多含垢忍怒，以示容納。彼非不能快意行事，蓋惜千古之名耳。陛下自專政以來，三逐言事者矣。若習以爲常，不甚重惜，則恐書於史册〔一八〕，虧玷太平之治。鉗天下之口，塞陛下之聰，在此舉矣，可不慎乎？臣披瀝肝膽，冀陛下察之。伏望陛下以舜察邇言爲念，以漢招直諫爲謀，常以壅塞是憂，不以誹謗加罪，追改前命，無重過舉，則天下幸甚。」書奏，夷簡内不自安，乃謫洙、靖官以拒來者。歐陽脩乃移書司諫高若訥，責之曰：「高君足下，予年十七時，家隨州，見天聖二年進士榜，始識足下姓名。時予年尚少，未與人接，又居遠方，但聞今宋舍人兄弟與葉道卿、鄭天休數人，以文章有大名〔一九〕，號稱得人。而足下厠其間，獨無卓卓可道説者，予固疑足下不知何如人。其後更十一年，予再至京師，足下已爲御史裏行，然猶未暇一識足下之面。但時問予友尹師魯以足下之賢否，而師魯説足下正直有學問，君子人也。予猶疑之。夫正直者，不可屈曲，有學問者，必能辨是非。以不可屈之節，有能辨是非之明，又爲言事之官〔二〇〕，而俯仰默默，無異衆人，是果賢者耶？此不得不使予疑之也。自足下爲諫官，始得相識，侃然正色，論前世事，歷歷可聽，褒貶是非，無一謬説。噫！持此辨以示人，孰不愛之？雖予亦疑足下真君子也。是予自聞足下之名及相識，凡十有四年而三疑之。今者推其實迹而較之，然後決知足下非君子也。前日范希文貶官後，與足下相見於安道家。足下詆誚希文爲人，予始聞之，疑是戲言。及又見師魯，亦説足下深非希文所爲，然後其疑遂決。希文剛正好學，通古今〔二一〕，其立朝有本末〔二二〕，天下所共知。今特以言事觸宰相得罪，足下既不能辨其非辜，又畏有識者之責己〔二三〕，遂隨而詆之，以爲當黜，是可怪也。夫人之於性，剛果懦軟〔二四〕，稟之於天，不可勉强，雖聖人亦不以不能責人之必能〔二五〕。今足下家有老母，自惜官位，懼飢寒而顧利禄，不敢一忤宰相，以近刑禍，此乃庸人之常情，不過作一不才諫官耳。雖朝之君子〔二六〕，亦將閔足下之不能，而不責以必能也。今乃不然，反昂然自得〔二七〕，了無愧畏，反毁其賢〔二八〕，以爲當黜，庶乎飾己不言之過。夫力所不敢爲，乃愚者之不逮〔二九〕；以智文其過，此君子之賊也〔三〇〕。且希文果不賢耶？自三四年來，從大理寺丞至前行員外郎，作待制，日備顧問，今班行中無與比者。是天子驟用不賢之人，使天子待不賢以爲賢，是聰明有所未盡。足下身爲司諫〔三一〕，乃耳目之官，當其驟用時，何不一爲天子辨其不賢？反默默無一語，待其自敗，然後隨而非之。若果賢耶？今日天子與宰相以忤意逐賢人，足下不得不言〔三二〕。是則足下以希文爲賢，亦不免責，大抵罪在默默爾。昔漢殺蕭望之與王章，計其當時之議，必不肯言殺賢者也，必以石顯、王鳳爲忠臣，望之與章爲不賢而被罪也。今足下視石顯、王鳳果忠耶〔三三〕？望之與章果不賢耶？當時亦有諫官，必不肯自言畏禍而不諫〔三四〕，亦必曰『當誅』而不足諫也。今足下視之，果當誅耶？是直可欺當時之人，而不可欺後世也。今足下又欲欺人，而不懼後世之不可欺耶？況今之人未可欺也。伏以今皇帝即位以來，進用諫官，容納言論，如曹修古、劉越，雖殁，猶被褒稱。今希文與孔道輔，皆自諍臣擢用〔三五〕。足下幸生此時，遇納諫之聖主如此，猶不敢一言，何也？前日又聞御史臺榜朝堂，戒百官不得越職言事，是可言者，惟諫官耳。若足下又遂不言，是天下無得言者也。足下在其任而不言，便當去之，而無妨他人之堪其任者也。昨日安道貶官，師魯待罪，足下猶有面目見士大夫，出入朝中稱諫官，是足下不復知人間有羞恥事爾。所可惜者，聖朝有事，諫官不言，而使他人言之。書在史册，他日爲朝廷羞者，足下也。春秋之法，責賢者備，今某區區〔三六〕，猶望足下之能一言者，不忍便絕足下，而以不賢者責也〔三七〕。若猶以希文不賢而當逐，則予今日所言如此，乃是朋邪之人，願足下直携此書於朝，使正予罪而誅之。使天下釋然，知希文之當逐，亦諫官之一效也。前日足下在安道家，召予往，論希文事，坐有他客，不能盡所懷，故聊布區區。」若訥得書，怒甚，乃繳其書，奏之曰：「伏覩敕榜節文〔三八〕，范仲淹言事惑衆，離間君臣，自結朋黨，妄自薦引。及知開封府以來，區斷任情，免勘落天章閣待制，知饒州，及諭中外臣僚事〔三九〕。臣以位備諫列，自仲淹落職之後，諸處察訪端由，參驗所聞，略與敕榜中事符合。臣風聞本人謀事疎闊，及躁憤狂肆，陷於險薄，遂有離間君臣之罪。臣既見朝廷行遣未至過當，固不敢妄有救解也。十六日，有館閣校勘歐陽脩，令人力持書抵臣，言仲淹平生剛正好學〔四〇〕，通古今，班行中無與比者。謂臣爲御史裏行日，俯仰默默，無異衆人。責臣今來不能辨仲淹非辜〔四一〕，乃庸人常情，作不才諫官，乃昂然自得，了無愧畏，不敢一言。在其任而不言，便當去之，無妨他人之堪其任者。言臣猶有面目見士大夫，出入朝中稱諫官，及謂臣不復知人間有羞恥事。臣以庸鄙，承乏諫憲，屢貢狂斐，以罄丹赤。夫犬馬猶知其主，況臣早聞忠義，久預搢紳，衣君之衣，食君之食，權臣皆非親舊，立朝最爲羈孤。陛下仁明，未嘗濫罰，豈顧望而懼柄位之臣哉〔四二〕？臣爲御史諫官，相繼將及二載，每聞詔令不便〔四三〕，姦邪慢朝，授任非宜，興造未當，雖有中書已行之事，臣屢嘗率意言之，介然誓心，不知忌諱。至於微小之事，耳目不接，則不敢喋喋，上煩聖聽，以沽邀名譽也〔四四〕。奏對應在，皆可驗之。臣與歐陽脩交結素疎〔四五〕，未嘗失色，非意淩犯，固不可校。然本人謂范仲淹班行無比，稱其非辜，仍言今日天子、宰相忤意逐賢人〔四六〕，責臣不賢〔四七〕。臣謂賢臣者，國家恃以爲治也。若陛下以忤意逐之，臣合諫諍；宰臣以忤意逐之，臣合論列。以臣愚見，范仲淹頃以論事切直〔四八〕，比來亟加進用〔四九〕，知人之失，堯、舜病諸，忽兹狂言，自取謫辱；寬大之典，固亦有常〔五〇〕。脩乃謂之非辜〔五一〕，稱其無比，仍謂天子以忤意逐賢人。誠恐中外聞之，所損不細。臣所以徘徊迫切〔五二〕，而不敢自隱也。」事下中書，夷簡乃貶脩爲峽州夷陵令。時王曾同在相位，意甚不平，然不能救止〔五三〕，但令親識寬諭貶者而已〔五四〕。同年生蔡襄乃作四賢詩，歎美仲淹等。其詠脩詩誚高若訥云「袖書乞憐天子旁」，人到於今諷誦且笑之。然朋黨之説，兆於兹矣。

校勘記

〔一〕但博示含容　「博」，稗海本作「薄」。「含容」，稗海本、明抄本作「涵容」。
〔二〕每對上言夷簡纖邪不忠　「纖邪」，稗海本作「憸邪」。
〔三〕階亂有胎　「有胎」，稗海本作「□治」。
〔四〕由辨之不早致然　「然」，稗海本作「望」。
〔五〕請與仲淹皆貶爲黨人　「皆」，稗海本、明抄本作「偕」。
〔六〕臣聞位疎而言親者　「疎」，稗海本作「卑」。「親」，稗海本作「高」。
〔七〕落職守本命　稗海本、明抄本作「忤旨」。
〔八〕觀其臨事不苟　「不苟」，稗海本作「不可」。
〔九〕居顧問之職　「顧問」，稗海本作「待問」。
〔一〇〕喜陛下納善思治　「治」，稗海本作「賢」。
〔一一〕真聖帝哲王聰明之政也　「哲王」，稗海本作「明王」。
〔一二〕今茲遽聞以言獲罪　「遽」，稗海本作「遂」。
〔一三〕而不示含恕　「不示含恕」，稗海本、明抄本作「不少含怒」。
〔一四〕最其大者　「其」，稗海本作「所」。

〔一五〕毁平津之多詐　「多」，稗海本作「任」。

〔一六〕比於常流　「常」，原作「長」，據稗海本改。

〔一七〕古者斥去直臣　「者」，稗海本作「皆」。

〔一八〕則恐書於史册　「史册」，稗海本作「卷册」。

〔一九〕以文章有大名　「有大名」，稗海本作「著名」。

〔二〇〕又爲言事之官　「爲」，稗海本作「不爲」。

〔二一〕通古今　稗海本作「博通古今」。

〔二二〕其立朝有本末　「有」，稗海本、明抄本作「爲」。

〔二三〕又畏有識者之責己　「畏」，稗海本作「不畏」。

〔二四〕剛果懦軟　「果」，明抄本作「栗」。

〔二五〕雖聖人亦不以不能責人之必能　「雖」，原闕，據稗海本補。

〔二六〕雖朝之君子　「朝」，稗海本作「在朝」。

〔二七〕反昂然自得　「昂然」，稗海本作「昂昂」。

〔二八〕反毁其賢　「反」，明抄本作「逮」。

〔二九〕乃愚者之不逮　「逮」，稗海本作「違」。

〔三〇〕此君子之賊也　「賊」，稗海本、明抄本作「職」。

〔三一〕足下身爲司諫　「司諫」，稗海本作「諫局」。

〔三二〕今日天子與宰相以忤意逐賢人足下不得不言　「以忤意逐賢人足下不得不言」，稗海本作「逆意賢人君不得不言」。

〔三三〕今足下視石顯王鳳果忠耶　「忠」，稗海本作「忠臣」。

〔三四〕必不肯自言畏禍而不諫　「畏禍」，明抄本作「禍畏」。

〔三五〕皆自諍臣擢用　「諍臣」，稗海本作「諫臣」。

〔三六〕今某區區　「今某」，稗海本作「甚今」。

〔三七〕而以不賢者責也　稗海本作「而以爲不賢也」。

〔三八〕伏覩敕榜節文　「節文」，稗海本作「御史」，屬下句。

〔三九〕及論中外臣僚事　「臣僚事」，稗海本作「臣寮執事」。

〔四〇〕言仲淹平生剛正好學　「剛正」，稗海本作「剛直」。

〔四一〕責臣今來不能辨仲淹非辜　「辨仲淹非辜」，稗海本作「辯仲淹所辜」。

〔四二〕豈顧望而懼柄位之臣哉　「柄位」，稗海本作「相位」。

〔四三〕每聞詔令不便　「聞」，稗海本作「念」。

〔四四〕以沽邀名譽也　「沽邀名譽」，稗海本作「沽名徼譽」，明抄本作「沽激名譽」。

〔四五〕臣與歐陽脩交結素疎　「交結」，稗海本作「友結」。

〔四六〕仍言今日天子宰相忤意逐賢人　「忤意」，稗海本作「以迕意」。

〔四七〕責臣不賢　「不賢」，稗海本作「不言」。

〔四八〕范仲淹頃以論事切直　「頃以」，稗海本作「等是」。

〔四九〕比來亟加進用　「比來」，明抄本作「此來」。

〔五〇〕固亦有常　「固亦有常」，稗海本作「固宜自當」。

〔五一〕脩乃謂之非幸　稗海本「脩」後有「省復」二字。「謂」，明抄本作「爲」。

〔五二〕臣所以徘徊迫切　「迫切」，稗海本作「切慮」。

〔五三〕然不能救止　「止」，稗海本作「正」。

〔五四〕但令親識寬諭貶者而已　「親識」，稗海本作「親戚」。

90 馬亮尚書典金陵

馬亮尚書典金陵，於牙城艮隅掘地，得汞數百斤，鬻之以備供張〔一〕。其地乃僞國德昌宫遺址，鉛華之所積也〔二〕。李氏區區，竊據江表之地〔三〕，而漁色奢縱如此，欲求國祚長永，其可得耶？

校勘記

〔一〕鬻之以備供張　「供張」，稗海本作「供帳」。

〔二〕鉛華之所積也　「所」，稗海本作「灰」。

〔三〕竊據江表之地　「竊據」，稗海本、明抄本作「偏據」。

91 石介專以狂直沽激爲務

石介爲太子中允、國子監直講，專以狂直沽激爲務〔一〕，人多畏其口。或有薦於上，謂介爲諫官者〔二〕，上曰：「此人若爲諫官，恐其碎首玉階。」蓋疑其效劉栖楚也。

校勘記

〔一〕專以狂直沽激爲務　「狂直沽激」，稗海本作「徑直狂儌」。

〔二〕謂介爲諫官者　「爲」，稗海本作「可爲」。

92 曹利用當樞柄

曹利用由和戎之功〔一〕，漸被擢用，以幹理稱。及當樞柄，益盡忠力。劉后垂簾聽政，利用自以親承顧託，庶事公執。時中官依劉氏之勢，多求徼幸，利用屢抑其請，由是讒嫉日至。因其從姪汭於鄉墅間服黄袍爲戲〔二〕，遂搆成其獄〔三〕，以至遷逐。中使乘馹監其後〔四〕，日夕詬迫之。至襄陽驛舍，自縊而卒。時人皆知其冤。利用自居貴位，積聚巨萬而不知散〔五〕。又常爲寇準所薄，準竄雷州，利用亦有力，人亦以此非之。

校勘記

〔一〕曹利用由和戎之功　「和戎之功」，稗海本作「和北戎功」。

〔二〕因其從姪汭於鄉墅間服黄袍爲戲　「汭」，稗海本作「游」。

〔三〕遂搆成其獄　「遂」，原闕，據稗海本、明抄本補。

〔四〕中使乘馹監其後　「馹」，稗海本作「驛」。

〔五〕而不知散　稗海本作「不知分散」。

93 种世衡建清澗城

康定元年春，夏戎犯延安，我師不利。朝廷以保障衆多，有分兵之患，不可守者，悉命罷之。寇益驕，侵掠不已〔一〕。种世衡者，時在鄜州幕中，上言：「延安東北二百里，有故寬州之地，實當賊衝。可以外固延安，漸圖銀夏之舊。」朝廷從之，用世衡董其事，且戰且城之。然據險無泉，衆懼不可守。浚五十丈，復有巨石，兵徒皆曰〔二〕：「是豈可井哉？」世衡命攻其石，屑而出之，凡一畚償百金〔三〕。久致其力〔四〕，果得泉，甘且不耗，水乃大足。自茲西陝堡障患無泉者，悉如世衡募工力致〔五〕，無不濟者。詔名爲清澗城，以世衡知城事〔六〕。寨下屬羌，率持兩端，向背不常。世衡入其部落，勞問親近無所疑間，屬酋皆附之。建營田二千頃〔七〕，歲得其利，人頗稱之。

校勘記

〔一〕侵掠不已　「侵」，稗海本作「復」。

〔二〕兵徒皆曰　「兵」，稗海本作「其」。

〔三〕凡一畚償百金　「償」，稗海本作「價」。

〔四〕久致其力　「久」，稗海本作「多」。

〔五〕悉如世衡募工力致　「力致」，稗海本作「致力」。

〔六〕詔名爲清澗城以世衡知城事　稗海本作「詔名爲請城以之世衡知城事」。

〔七〕建營田二千頃　「二千」，稗海本作「百千」。

94 僞蜀宫詞淫靡艷薄

僞蜀歐陽炯嘗應命作宫詞，淫靡甚於韓偓。江南李煜時，近臣私以艷薄之詞聞於王聽，蓋將亡之兆也。君臣之間，其禮先亡矣。

95 成都武侯祠前有大柏

成都劉備廟側，有諸葛武侯祠，前有大柏，圍數丈，唐相段文昌有詩石在焉〔一〕。唐末漸枯瘁，歷王建、孟知祥二僞國，不復生，然亦不敢伐之。皇朝乾德五年丁卯夏五月，枯柯再生，時人異焉。三國至乾德初〔二〕，歷年一千二百餘，枯而復生。予皇祐初守成都〔三〕，又八十年矣，新枝聳雲，并舊枯幹並存〔四〕，若虬龍之形〔五〕。

校勘記

〔一〕唐相段文昌有詩石在焉　「詩石」，稗海本作「詩石刻」。

〔二〕三國至乾德初　「初」，稗海本作「丙寅」。

〔三〕予皇祐初守成都　稗海本作「于皇祐初守城都」。

〔四〕并舊枯幹並存　稗海本作「拜舊枯餘存者」。

〔五〕若虯龍之形　「虯龍」，稗海本作「老龍」。

96 王建子衍之滅

王建子衍，嗣於蜀，侈蕩無節，庭爲山樓，以綵爲之，作蓬萊山。畫緑羅爲水紋地衣〔一〕，其間作水獸芰荷之類，作折紅蓮隊，盛集鍛者，於山内鼓槖，以長籥引於地衣下〔二〕，吹其水紋鼓蕩，若波濤之起。復以雜綵爲二舟，轆轤轉動，自山門洞中出，載妓女二百二十人，撥棹行舟，周游於地衣之上，採折枝蓮到堦前出舟〔三〕，致辭長歌，復入周回山洞。俄而唐莊宗遣使李嚴入蜀，復作此舞以誇之。嚴歸貢策〔四〕，未幾滅王氏。

校勘記

〔一〕畫緑羅爲水紋地衣　「畫」，稗海本作「盡」。

〔二〕以長篙引於地衣下　稗海本「地」下復有一「地」字。

〔三〕採折枝蓮到堦前出舟　「折枝蓮到」，稗海本作「所扳運列」。

〔四〕嚴歸貢策　「歸」，稗海本作「歸朝」。

97　程羽守益都

太平興國戊寅歲，程羽守益都，時立春在近，縣吏納土牛偶人於府門外，觀者頗衆，主者恐其爲人所損〔一〕，遂移置廳事之左〔二〕。適程出視事〔三〕，怪問之，主者以對。程歎曰：「農夫牧豎，非升廳之人，兆見於此，不祥莫大焉。」當時聞之，以爲過論。至甲午歲，果有村氓叛，竊入據城邑焉。人亦服其理識。

校勘記

〔一〕主者恐其爲人所損　「主者」，原作「主人」，據稗海本改。

〔二〕遂移置廳事之左　「移置」，原作「致」，據稗海本改。
〔三〕適程出視事　「適」，稗海本作「邊」，屬上句。

98 唐劍南西川安撫副使馮涓撰重起中興草玄寺碑

成都有唐劍南西川安撫副使馮涓撰重起中興草玄寺碑〔一〕，序會昌、大中年釋寺廢興之事。其略云〔二〕：「釋氏不可以終廢者，由學徒之心一也；國令不能以終行者〔三〕，由時代之意殊也。」予讀之數四，亦詣理之言也。

校勘記

〔一〕成都有唐劍南西川安撫副使馮涓撰重起中興草玄寺碑　「有唐」，稗海本作「唐有」。
〔二〕其略云　「云」，稗海本作「曰」。
〔三〕國令不能以終行者　「不能」，稗海本作「不可」。

99 翰林學士李淑知鄭州爲陳堯佐寫神道碑文

故相陳堯佐既終，家居於鄭〔一〕。翰林學士李淑知鄭州，諸子納其父行實於淑，求神道碑文。淑怨堯佐素不薦引，雖納其潤賂，文有譏薄之意。陳子哀訴，求爲改削，淑終不從。其家恥不立石，因摭淑在鄭時詠柴陵詩奏之，云：「弄駟牽車挽鼓催，不知門外倒戈回。荒榛斷隴纔三尺，剛道房陵半仗來。」淑自負文藻，急於柄用，衆惡其陰險，每入朝，則搢紳爲之不安。上漸知之，故久留外郡。其詩實由怨懟而作，遂罷禁林，主鑰南都。淑上章自理不已，後因持服，遂留京師。

校勘記

〔一〕家居於鄭 「家」，稗海本作「身」。

100 李嗣源起兵

唐莊宗遣郭崇韜副魏王繼岌平蜀，既而疑崇韜，赤其族。俄又殺河中府冀王朱友謙三百口，又詔西京留守至洛守上東門，伺岐府節度使李從曮至，欲誅之，諸侯無不憂懼。閹尹縱權，倡優富寵，而師旅窮匱，恩賞不流，遂至貝州之亂。先是，蕃漢都總管、宣武軍節度使李嗣源本蕃人，姓名邈結烈，雖有佐命大功，莊宗既得天下，頗疑之，盡奪兵權，處以閑逸。至是聞變，急起嗣源，將兵討之。洎至鄴，諸軍推以爲主。嗣源涕泣，告其副霍彦威曰：「與君受命討賊，豈料天時人事如此。」然諸軍只因飢寒思亂，當奏加恩賞，以圖安靖爾。」親衛指揮使元行欽不能審其由，徑奔洛陽告亂，塗中逢嗣源子金鎗指揮使從璟，驅之同見。莊宗遂斬從璟，自將以禦之。距汴城五十里，聞嗣源入汴，軍潰而歸洛。時屬中官乘馹就長安〔一〕，殺僞蜀王衍一行。樞密使張居翰歎曰：「上方寸已亂，一行五千餘人，豈可盡殺？」乃改「一行」爲「一家」。及絳霄之禍已三日〔二〕，而殺王衍一家使人方到長安，蜀人冤之。

校勘記

〔一〕時屬中官乘馹就長安　「馹」，稗海本作「驛」。

〔二〕及絳霄之禍已三日　「及」，明抄本作「反」。

101 宋禧侍御史

慶曆中，有宋禧者爲侍御史。禧介廉善士，學術議論〔一〕，則非其素。屬親事官謀亂，夜梯殿廡，入禁中，垂致不測，既而擒獲。上驚怖累日〔二〕，厚飭宿衛，常有戒心。禧上言請市羅江狗置内中，以備守禦。人皆傳以爲笑，目之爲「羅江御史」。未幾，罷出外任。噫！禧之意忠矣，而思之不精，遂取衆誚，言不可不慎也！

校勘記

〔一〕學術議論　「議論」，稗海本作「論議」。

〔二〕上驚怖累日　「驚怖」，稗海本作「驚悸」。

102 樞密使安重誨用事

後唐明宗親討宣武軍節度使朱守殷。宿將，同光末，趙在禮鄴中亂，從明宗討伐〔一〕；及人情變革，遂與霍彦威同立明宗；尋判諸軍諸衛事〔二〕，兼河南尹，旋除宣武軍節度使。

時樞密使安重誨用事，汴之財利，多遣中人筦榷之。守殷軍用不給，累表抗論，重誨既與〔三〕，復奪之。守殷不平，頗出怨言。重誨奏其反狀，明宗親帥師討之。車駕至汴〔四〕，守殷自以本無不臣之意，爲權臣誣奏，登城門望明宗叩頭〔五〕，號哭稱冤。明宗思其功，許以開門自新，重誨已麾軍登陴〔六〕，勢不可遏，城陷，誅之。

校勘記

〔一〕從明宗討伐　「討伐」，稗海本作「討叛伐」。
〔二〕尋判諸軍諸衛事　「諸衛事」，稗海本作「承事」。
〔三〕重誨既與　「與」，稗海本作「而」。
〔四〕車駕至汴　「汴」，稗海本作「汴京」。
〔五〕登城門望明宗叩頭　「叩頭」，原作「扣頭」，據稗海本改。
〔六〕重誨已麾軍登陴　「已」，稗海本作「以」。

103 章聖祥符中行封祀之禮

章聖祥符中行封祀之禮，興造宮觀，以崇符瑞。時王旦作相，迎合其事，議者或非之。

旦謂人曰：「自古帝王，或馳騁田獵，或淫流聲色。今主上崇真奉道，爲億兆祈福，不猶愈於田獵聲色之惑歟？」

104 宋庠葉清臣鄭戩及庠弟祁同年及第而命不同

宋庠、葉清臣、鄭戩及庠弟祁同年登第，皆有名稱。康定中，庠爲參知政事，戩爲樞密副使，清臣任三司使，祁爲天章閣待制。趣尚既同〔一〕，權勢亦盛，時人謂之「四友」。吕夷簡深忌之，指爲朋黨。俄有無名子作謗庠有「天下文章惟獨我，榜中龍虎更無人」之句，餘韻甚多，深訐庠之私短。語寖上聞，乃盡罷四人爲郡，仍降詔天下，戒朋比焉。

校勘記

〔一〕趣尚既同　「趣尚」，稗海本作「趣向」。

附録一　關於儒林公議的版本

田況（一〇〇五至一〇六三）撰儒林公議一書，在宋人説部中屬爲人熟知者，學者多見引用。四庫提要稱此書「足備讀史之參稽，其持論亦皆平允」。然而，對於此書的版本問題，注意者甚少，筆者尚未見有人論及。去歲，筆者爲整理此書，查閲了多種本子，方知此書之版本，並非無可言之處，正宜表而出之，使利用此書者得益，不致以訛傳訛。

儒林公議一書，現存宋代官私書目均未見著録。現存之最早刻本，據增訂四庫簡明目録標注，乃明代嘉靖庚戌（二十九年，一五五〇）刊本。清莫友芝撰、傅增湘訂補部亭知見傳本書目著録此本，但未注見於何處。中國古籍善本書目等書，均未著録此本。是此本今存否，不得而知。此外，現存最早之刊本爲明萬曆年間商濬所刻稗海本。北京國家圖書館所藏稗海本，乃傅增湘據蔣氏密韻樓藏明天一閣舊藏明寫本校過的本子。一九三七年，王雲五編叢書集成初編，將儒林公議收入其中，據稗海本排印爲一册出版，是通常所習見的本子，學人常據以引用。此書乃據現存之最早刊本排印，自應是較好的本子，故用之者不疑，亦屬自然。筆者以前亦作如是觀。孰料細加檢閲，方知大謬不然，稗海本誤人不淺，不宜據以引用。

中國古籍善本書目與北京圖書館善本書目均著録有清人胡珽跋的明鈔本。此本現藏於國家圖書館善本部，筆者曾加檢閲。此本一册，半葉十四行二十二字，不分卷。稗海本半葉九行二十字，二册，分上下卷。二者版式不同，然同出於明代。胡珽跋本卷末，有嘉靖壬辰（十一年，一五三二）與嘉靖庚戌的兩段跋語，可知此本之傳寫，早於稗海本之刊刻。增訂四庫簡明目録標注載有「許氏有鈔本」，不知許氏鈔本與此本之間有何關係。清人胡珽於咸豐九年（一八五九）三月在此本寫下跋語：

田況儒林公議，向無刻本。李燾長編考異、王明清揮麈後録咸引其書。勝國時稗海刻本分作兩卷，嘗取以校對，不逮此本遠甚。如「康定初元昊擾邊」條後，脱去「契丹耶律」一條，「張詠當太祖（按，應爲「宗」）朝」條與「李漢超將勁兵五千」條互有錯簡，又脱去「吕蒙正居宰弼」至「太宗嘗困久旱」共五條文，「張詠在白士間」條與「張詠所臨之郡」條互有錯簡，又「唐莊宗遺郭崇韜」條下，脱去「其族」至「蕃漢都總」共八十二字。其外脱字脱句不可枚舉。又跋後兩篇，皆稗海所無。噫，校勘不工，不如不刻，藉非得此善本，何由正彼訛誤？足征恬裕主人收藏之精矣。咸豐九年三月胡珽跋。

此跋是胡珽將明鈔本與稗海本校對後寫下的，已能充分説明稗海本之誤。

其實，傅增湘先生校稗海本，已發現稗海本有闕漏。傅先生所據以校對的天一閣藏明鈔本，在「張詠當太宗朝」條下，空白十七行，傅先生注意到了這一點，但無法校補，只能注明。檢胡珽校本，「張詠當太宗朝」條後稗海本所闕之五條，共計二十七行，是故頗疑傅先生筆下佚一「二」字。總之，這一大段空白，差不多正好是稗海本闕漏的五條。因此，稗海刻本與天一閣明鈔本，很有可能出自同一種本子，稗海本未曾保留空白之格式罷了。天一閣明鈔本是否亦闕「契丹耶律」一條，因不知此本下落，無從得知。如若天一閣明鈔本亦闕「契丹耶律」條，則其與稗海本同出一源，殆可定論矣。

如是，則傅先生保存之格式，賴有胡珽跋之明鈔本，得以補足其闕，胡跋明鈔本可謂彌足珍貴。然而，檢四庫全書文淵閣本儒林公議，卻發現此本基本與胡跋明鈔本相同，只是如「耶律阿保機」之類，按清廷規定之譯法，改爲「耶律安巴堅」而已。四庫全書所收之儒林公議，乃内府藏本。四庫提要云：「此本末有嘉靖庚戌陽里子柄一跋，不知何許人，論此書頗詳，今仍録存之。商濬刻稗海，以此跋爲宋無名氏作，殊爲疏舛，今據舊本改正焉。」據此，則四庫館臣亦曾見到過稗海本，但未取以録之；其過録之内府藏本，則有陽里子柄一跋；而且商濬亦曾見到此跋，並以作者爲宋無名氏。按，四庫提要云云，多有訛誤。提要此段話，在四庫全書中的儒林公議一書之前的提要中，並無之；而陽里子柄一跋，亦未録存之。稗海本儒林公議，並無前言、後記，亦無一語涉及陽里子柄，僅將儒林公議的作者注爲「宋闕名」。而所謂陽里子柄一跋，即爲胡跋明鈔本卷末所附二跋之一的「雁里子柄識」，是「雁里子」而非「陽里子」。按，雁里子乃明代無錫人秦柄之號，因其家中有雁里草堂也。「陽里子」則不知何人。雁里子柄跋末，注爲「嘉靖庚戌季夏」，增訂四庫簡明目録標注所謂「明嘉靖庚戌刊本」，或由此出歟？而實未曾見也。

秦柄之跋語全文如下：

左儒林公議一卷，宋太子少傅田況元均撰。元均當慶曆初，以言兵遇，自陝西經略判官遷右正言，管勾國子監，權修起居注，遂知制誥。四年甲申，保州軍殺長吏叛，元均處置平之，以功遷官。既丁父憂，乞終制。以直學士知渭州，遷諫議大夫，知成都。終於樞密使。是書之作，當在守蜀之際，故卷末稍記蜀事。其少仕時，當元昊之叛，受經略夏竦辟，爲判官，從事西陲，多所匡贊，故卷中多記元昊事，議多在竦。如韓、尹議攻，元均嘗上疏極論，竦不出師，元均蓋有以贊之；卷中不自言上疏，而但云竦不甚主。元均可謂善則稱人、功必歸上者矣。作私史如此，可以爲法。昆山俞階父乃謂此書未知誰作，或未考耳。嘉靖庚戌季夏雁里子柄識。

另一署名爲「玉泉子允升」的跋語則如下：

儒林公議一帙，五十餘葉，未知作者爲誰。臨其前後印章以伺識者。嘉靖壬辰孟春良日玉泉子允升録於萬竹山房。

據此，此本實乃玉泉子允升於嘉靖壬辰所録，過録之本並未注明作者。過録之本是鈔本抑或刊本，則不得而知。秦柄跋中，稱「昆山俞階父乃謂此書未知誰作」，是「玉泉子允升」即「昆山俞階父」也。鈔録者當爲俞允升，字階父，號玉泉子。胡珽跋云：「足征恬裕主人收藏之精矣」，是此鈔本，曾爲恬裕主人之收藏者。按，清代著名藏書家瞿鏞，有恬裕齋，恬裕主人當係瞿鏞。檢瞿鏞鐵琴銅劍樓藏書目録卷一七，正著録「儒林公議舊鈔本」，解題説此本有雁里子柄與玉泉子允升二跋，可證胡珽跋本確爲瞿氏鐵琴銅劍樓所藏本。因此，此本稱爲「瞿藏本」或「俞鈔本」更爲合適。

俞鈔本在「張詠當太宗朝」條之後，比稗海本多出五條，第五條其文是：

太宗嘗因久旱，欲遣使四方，詢民疾苦。因謂大臣曰：「天下官吏必有用刑不當者。」時寇準副位樞弼，前對曰：「天下官吏，未聞用刑不當者，陛下用刑，則實有不當。」上默然久之，問曰：「何也？」準曰：「晉州祖吉，受所監臨贓，罪至死，陛下以沔故，恕其罪。此陛下用刑不當也。」上爲之感悟，罷沔參知政事。

按，此條記祖吉因王沔而被太宗恕其罪，與他書所載不同，疑有闕漏。宋史卷二八一寇準傳載此事如下：

> 準乃言曰：「頃者祖吉、王淮皆侮法受賕，吉贓少乃伏誅，淮以參政沔之弟，盜主守財至千萬，止杖，仍復其官，非不平而何？」太宗以問沔，沔頓首謝。

李燾續資治通鑑長編卷三二所載略同，繫於淳化二年三月。

由宋史與長編所載可知，因王沔故而被恕的是王淮，作爲對照的祖吉則被殺了。因此，上述俞鈔本「太宗嘗因久旱」條當有闕漏。

北京國家圖書館所藏稗海本上，有傅增湘先生以天一閣藏明寫本對校之識語。在卷上末尾，傅先生有校語云：「明寫本『張詠當太宗朝』條下空白十七行，空行復又多此三句，爲刻本所無者，附録於此，並以他書考之。」傅先生鈔録的三句是：「贓罪不至死，陛下特命杖殺之；參知政事王沔弟犯監主自盜贓，罪至死，陛下以沔故宥其死。此陛下用刑不當也。上爲之感悟，罷沔參知政事。」以此與前所録俞鈔本之文對照，可知俞鈔本實佚去「贓罪不至死，陛下特命杖殺之；參加政事王沔弟犯監主自盜」這二十四字，遂使人讀後變成了太宗恕祖吉之罪是因王沔之故。因此，在整理此書時，以傅先生所録，補入其中，俾成全帙。而傅先生所録，恰爲俞鈔本之所闕，亦一巧合之幸事。傅先生因天一閣藏明寫本而存格式並保留三句，胡珽校明寫本保留恰當二十七行之五條記載並因傅録之三句而得補成全帙，真可謂校勘史上一佳話。

又稗海本卷下「唐莊宗遣郭崇韜」條，脱去數十字，文至不可解。稗海本之文如下：

唐莊宗遣郭崇韜副魏王繼岌平蜀，既而疑崇韜赤管，宣武軍節度使李嗣源本蕃人姓……

按，「赤管」二字意不可解，原因是「赤」之後、「管」之前有大段漏文。明鈔本作：

既而疑崇韜，赤其族。俄又殺河中府冀王朱友謙三百口，又詔西京留守至洛守上東門，伺岐府節度使李從曮至，欲誅之，諸侯無不憂懼。閹尹縱權，倡優富寵，而師旅窮匱，恩賞不流，遂至貝州之亂。先是，蕃漢都總管、宣武軍節度使……

自「其」至「總」，總共七十六字，胡珽跋云八十二字，不知是如何計算的。

然而，四庫全書本儒林公議，「太宗嘗因久旱」條不誤，「唐莊宗遣郭崇韜」條亦不闕漏，俞鈔本比稗海本多出的其餘五條亦全有。如是，則現存各本中，當以四庫全書本爲最佳。以四庫全書本爲底本，校以俞鈔本，當可整理出一種更佳的本子，使使用者不再沿襲稗海本之誤。

（原載文獻二〇〇〇年第四期）

附録二　文臣知兵：宋仁宗朝真樞密——田況

宋仁宗（一〇二二至一〇六三年在位）是北宋在位時間最長的皇帝。仁宗朝，是一個人才輩出的時代。蘇軾曾有言：「仁宗之世，號爲多士，三世子孫，賴以爲用。」[一]元朝史臣説：「宋之賢相，莫盛於真仁之世。」[二]在這群星璀璨的時代，各方面的傑出人才不勝枚舉。所以，田況在仁宗朝雖然官至樞密使高位，在西北和益州也頗有治績，卻仍舊聲名不著。但他所撰儒林公議，在宋人説部中頗具價值，常被稱道。

田況（一〇〇五至一〇六三），宋仁宗天聖八年（一〇三〇）進士，嘉祐二年（一〇五七）官拜樞密使，嘉祐八年（一〇六三）二月去世。一個月後仁宗崩。仁宗生於宋真宗大中祥符三年（一〇一〇），僅比田況小五歲。故田況可稱是一位與仁宗朝相終始的大臣。

關於田況，迄今尚無專門研究之論著。極力搜索，僅有年譜一種：許聞淵編宋田樞密況年譜（以下簡稱許譜），臺灣商務印書館一九八八年出版。翻檢許譜，其内容除年譜外，有附録七種，謹按原書録於下：一、宋史田況傳；二、田氏有關傳記：（一）田延昭墓誌銘，（二）田況墓誌銘，（三）田況神道碑銘；三、友朋書函，共七篇；四、友朋贈詩，共三首；五、田氏言行軼事，共十條；六、田氏著作：（一）皇祐會計録，（二）内帑（當爲内帑策），（三）儒林公議二卷，（四）金巖集；七、田氏傳記有關書目，列有十種，包括范仲淹田延昭墓誌銘、宋史田況傳、東都事略田況傳、弘簡録田況傳、史略田況傳、中國人名大辭典田況史略、王安石田況墓誌銘、范純仁田況神道碑銘、范祖禹富氏墓誌銘（田況夫人）、宋史田晝傳（當爲田晝傳）。

許譜首次搜集史料，按年編排，使我們可以大致了解田況一生的情況，對於田況研究，功不可没。但許譜也存在一些問題：一是所有史料，均未注具體出處，如范仲淹田延昭墓誌銘，即未注出范文正公集卷十四，年譜各條，亦未一一注明史源。二是在年譜内，僅偶引李燾長編之文，多引續資治通鑑之文，宋會要輯稿則未見引用，附録相關書目中，竟連中國人名大辭典亦列入。三是未曾細讀叢書集成排印稗海本儒林公議之誤，仍以叢書集成本列入附録内。僅此三點，也使許譜的參考價值大打折扣。而且，限於體例，許譜也未能對於田況事迹加以評述。因此，兹鈎稽史料，詳加考察，以探究田況其人其事，彌補其闕。

一 家世

據田況的墓誌銘、神道碑與東都事略及宋史本傳〔三〕記載，田況的祖上，原是京兆府(今陝西西安)世家〔四〕，其曾祖田祐，舉家遷至冀州信都(今河北冀州市)，遂爲河北人氏。據范仲淹爲田況父親田延昭所寫墓誌銘，石晉割「山後八郡」後，遼軍「歲侵兩河間」之際，田況曾祖田祐「被遷于盧龍，署之以官」。于此可知，田祐是在後晉時成爲遼國官員的，居住在幽州盧龍軍。「復治産雲中，而貨殖焉。」田祐的生卒年已不可考。

田祐之子田行周，生卒年與事迹不可考。他「能幹父之蠱，其家益顯」。在遼國生活期間，田行周于宋太祖開寶五年(九七二)生下了兒子田延昭〔五〕。田延昭即是田況的父親。

田延昭墓誌銘載，田延昭「少稱才武，抱氣重諾，有燕趙之風。義事耶律，得親信左右，常從而南牧。帳下多掠獲漢家士民，俾公戶之，公默計之曰：『漢人，吾曹也，驅之如犬羊，非有罪辜，將孥戮于虜中。』乃縱之，夜亡者千計。此德於人多矣。公亦自負，謂：『大丈夫胡能老于異域哉！』」因父母尚在，不得脱身。

宋真宗景德元年十二月(一〇〇五)，遼軍大舉南下攻宋，田延昭亦在遼軍中。當時，遼將「以生口數百」交給田延昭掌管。這些宋朝百姓，哀告田延昭曰：「是皆何罪，而使就死地？」田延昭聞之不忍，至夜間，「悉縱去」。此時，田延昭已三十四歲，曰：「考妣既葬，吾其歸歟。」「乃匿身草莽，會夜則負斗而奔。」投奔宋朝。「既達朝廷，真宗憫然嘉之，補職于三班。」

不久，宋與遼簽訂了「澶淵之盟」，宋遼間恢復和平局面。田延昭一家遂成宋人，居住在開封府。

田氏家族離開家鄉京兆府，蓋因晚唐時期，京兆府長安一帶戰事頻仍，民不聊生，故而被迫背井離鄉。至田祐時，遼軍入侵，又被擄北去，成了遼國幽州盧龍軍的民户。田祐、田行周、田延昭三代生活于遼國，頗獲親信任用。但他們始終不忘故國，田延昭終于乘戰亂之際，脱身南歸。田祐、田行周，則葬在了遼國境内。

一〇〇五年的「澶淵之盟」，是宋遼關係史上劃時代的大事。盟約結束了宋初以來的宋遼戰争。此後「百年無事」，宋遼之間一直維繫着和平局面。盟約對於田家也是劃時代的大事，由此田家重歸中原，成爲大宋子民，田況方能在宋朝首都開封呱呱墮地。

由於這樣的家世背景，田況瞭解邊情，日後能在河北和西北建功立業。北宋前期，朝野内外對這種自遼南歸的家庭背景並無芥蒂。宋太宗朝的宰相宋琪，不僅從遼國歸來，而且還是遼朝的進士〔六〕，田況官至樞密使高位，就更不足爲奇了。

田況的父親田延昭，歸宋時三十四歲，任右侍禁，「以其勇果，屢委軍甲，捕外方寇，所謂巡檢者，至則盜息，民得安堵」。大中祥符中，延昭主管邵州之峽口寨時，曾擊敗入侵之「龍水郡蠻寇」，而「州將害其功，不以上聞」，遂不獲獎賞。田延昭説：「吾自虜還漢，獲從王事足矣，烏敢爲功哉！」延昭「爲人沉悍篤實，不苟爲笑語」，「性剛直，未嘗曲於人，然明恕少怒」。

田延昭共生了八個兒子，田況是他長子，其下依次是淵、天護、洵、浹、洸、泳、小字寶哥。他還生了三個女兒，分別嫁給海州東海令張震、辰州理掾高肅、鄂州咸寧令張子方。八子中，「天護幼亡」，最幼之子在田延昭去世時尚幼，故只有小名。八子中，田況官位最顯。慶曆三年（一〇四三）田況任陝西宣撫副使時，田延昭被授予太子右衛府率府率，監瓊林苑金明池，以便田況奉養。田延昭死於慶曆五年（一〇四五），享年七十四歲。後贈右神武軍將軍〔七〕。

田況的母親李氏，在天聖八年（一〇三〇）田況中進士後不久去世，贈福昌郡君，年齡不詳。慶曆三年被追封爲慶國太夫人。

二　決定人生的兩次考試

宋真宗景德二年（一〇〇五），田況出生在開封。因爲居住在首都，又正值「澶淵之盟」後太平無事之時，田況的青少年時期有很好的學習環境和條件。他「少卓犖有大志，好讀書，書未嘗去手，無所不讀，蓋亦無所不記。其爲文章，得紙筆立成，而閎博辨麗稱天下」。其父田延昭雖是武將，但十分重視教育，他嘗誨督諸子曰：「吾以漢有聖人之風，故脱身以歸。今教汝詩書，趨聖人之道，使汝輩有立，吾將鼓歌以終天年，豈病其不達耶！」

（一）天聖八年貢舉考試

據墓誌銘、神道碑記載，田況首次參加科舉考試，「賜同學究出身」，但田況拒絶接受，表示要繼續參加考試〔八〕。宋仁宗天聖年間，僅在天聖二年（一〇二四）、五年（一〇二七）、八年（一〇三〇）舉行過三次科舉考試。史未明言田況是何年授「同學究出身」，但也未言他兩次參加考試或曾闕考。田況是天聖八年考中進士的，故其授「同學究出身」，當在天聖五年〔九〕。

天聖八年正月，資政殿學士晏殊權知貢舉，御史中丞王隨、知制誥徐奭、張觀權同知貢舉。這一年的禮部考試第一名，即省元，是後來大名鼎鼎的歐陽脩。禮部奏上的合格進士共有四百一人〔一〇〕。三月十一日，仁宗御崇政殿，試禮部奏名進士。仁宗自乾興元年（一〇二二）二月即位，因年幼（十三歲）一直由劉太后垂簾聽政，故用年號「天聖」，意爲二人聖。天聖八年，仁宗已成年，此年科舉，是劉太后執政期間最後一次科舉。

三月十一日殿試，出題三道：「藏珠於淵」賦，「溥愛無私」詩，「儒者可與守成」論題。「進士歐陽脩等以『聖題淵奥』，上請帝宣諭。久之，仍録所出經疏疏示之。」考試中，「翰林學士章得象等三十五人於崇政殿後各設幕次，封彌謄録，考校編排等等」，結果録取了二百四十九人，狀元是王拱辰。二百四十九人分爲四等，第一、二、三等共二百人，並賜及第。第四等四十九人，賜同出身。三月十三日，試諸科，得九經徐摭已下五百七十三人，並賜及第、本科出身。進士與諸科合計，共取及第、出身者八百二十二人。至此，天聖八年貢舉結束〔一一〕。

此年貢舉，禮部奏名進士有四百一人，連同出身在内，録取二百四十九人，録取率約百分之六十二。如以進士及第二百人計，録取一半。墓誌銘、神道碑及宋史本傳，俱云田況「遂中甲科」。按，此年進士及第者二百人，分爲第一、二、三等，即甲、乙、丙科，田況當在進士第一等中。據宋會要輯稿選舉二之七記載四月初二日詔：

新及第進士第一人王拱辰爲將作監丞，第二人劉沆〔一三〕、第三人孫抃爲大理評事，並通判諸州；第四、第五人爲大理評事並簽書節度判官事；餘至第二甲，並銓注職官；第三甲以下皆判司簿尉。

據墓誌銘、神道碑記載，田況「補江寧府觀察推官」，接近第四、五人授官。宋彭百川太平治迹統類卷二十八祖宗科舉取人記載，王拱辰已下依次爲：劉沆、孫抃、蔡襄、田況、石介、歐陽脩；二甲：田師錫、元絳、劉元俞、孫甫、唐介、尹原。「江寧府觀察推官」是田況踏上仕途後的第一個差遣。這一年他二十六歲。

（二）景祐五年制科考試

天聖八年高中甲科後，田況任江寧府推官〔一三〕，不幸以母喪罷去，除喪後，補楚州團練推官，「用舉者，監轉般倉」。從入仕到景祐五年（即寶元元年，一〇三八）的九年間，田況輾轉遷移，在地方爲官，直到「遷秘書著作佐郎」，才回到朝廷。秘書著作佐郎雖僅爲正八品，但屬於館閣清職，對升遷極爲有利。景祐五年，朝廷舉行制科考試，田況應「賢良方正能直言極諫」科，一舉得中，改變了仕途徘徊的狀態。這一年田況三十四歲。

制科考試限京朝官參加，與貢舉分開進行。呂中大事記講義卷十試制科行貢舉載：

> 天聖七年閏二月，復制科等科，以待京朝官；又置書判拔萃科，以待選人；高蹈丘園、沉淪草澤、茂材異等三科以待布衣；武舉以得方略勇力之士，然後天子親策試之。

制科在仁宗朝具有重要地位，大事記講義稱「太祖以來，則進士得人爲盛。仁祖以來，則制科得人爲盛」。其中天聖八年應制科的余靖、尹洙、何詠、富弼，寶元元年的田況、張方平，嘉祐六年（一〇六一）王介、蘇轍等，後均成爲名臣。

寶元元年六月十三日，御史中丞晏殊、翰林學士宋祁、知制誥鄭戩、直史館高若訥赴秘閣，考試制科。事出湊巧，天聖八年田況考中進士，主考官是晏殊；此次參加制科考試，主考官又有晏殊。七月廿七日，仁宗御崇政殿，試「賢良方正能直言極諫」。參加考試的共有三人：太子中允田況、秘書省校書郎張方平、茂材異等進士邵亢。田況策考入第四等〔一五〕，爲太常丞，通判江寧府〔一六〕。

田況是天聖七年恢復制科考試後第二批制科入等者，官職升了一個檔次。太常丞從五品，上州通判是正七品，而且是州府的副長官。田況又回到了初次任職的江寧府，但身份和地位已大不相同。

三 仕宦簡歷

自一〇三〇年高中甲科入仕，至一〇六〇年以太子少傅致仕，田况爲官三十年。在地方，他做過江寧、楚州的推官、判官，監過倉，在基層徘徊四年之久。一〇三八年「賢良方正科」入第後，迅速擢升，在地方先後任江寧通判，陝西經略安撫司判官、副使，慶州、秦州、渭州知州，提舉河北便糴糧草，知成德軍，真定府、定州路安撫使。最後一任地方官是知益州（今四川成都）。在地方任職共約十二年。

在地方官任職期間，田况曾四次回朝任職。第一次是早年曾回朝任秘書省著作佐郎約兩年。慶曆元年第二次回朝，任右正言、判三司理欠憑由司、權修起居注，遂知制誥、判國子監。第三次自陝西回朝，於慶曆三年十一月任知制誥、判三班院。第四次還朝是自益州，皇祐二年（一〇五〇）閏十一月，任樞密直學士、權三司使，加龍圖閣直學士、翰林學士。此後，他再未出過京，直到嘉祐五年（一〇六〇）五十六歲，以太子少傅致仕。四次共計在朝廷任職約十四年。還有四年爲母、爲父守喪。

田況仕宦簡表

職任	任職年月	任職年齡	任職時間	出處	備注
江寧府觀察推官	天聖八年（一〇三〇）	二十六歲	數月	墓誌銘、神道碑、宋史本傳	高中甲科後授官。
以母喪守制	天聖八年		守喪三年	同上	三年是三個年頭，實際兩年。
調楚州團練推官（判官）	明道元年（一〇三二）	二十八歲	二年	同上	此三職連書，無任職年月，姑依三年一任（實際二年）計。
監轉般倉	景祐二年（一〇三四）	三十歲	二年		
遷秘書省著作佐郎	景祐四年（一〇三六）	三十二歲	二年		
以太子中允應制科「賢良方正能直言極諫」	寶元元年（一〇三八）六月十六日	三十四歲		墓誌銘、神道碑、長編卷一百二十二、宋會要選舉一〇之二二一三四	
太常丞、通判江寧府	同年七月廿七日		約二年	同上	

續表

職任	任職年月	任職年齡	任職時間	出處	備注
直集賢院、陝西經略安撫司判官、參都總管軍事	康定元年（一〇四〇）八月	三十六歲	十四個月	長編卷一百二十八，墓誌銘、神道碑、宋會要兵八之二一	從陝西經略安撫使夏竦辟，副使范仲淹、韓琦。
賜緋	同年十一月			宋會要選舉三三之五	
右正言、判三司理欠憑由司。權修起居注，遂知制誥，判國子監	慶曆元年（一〇四一）九月甲戌（二十八日）〔一七〕	三十七歲	約二年	長編卷一百三十三，墓誌銘、神道碑	知制誥不知何時任。
陝西宣撫副使	慶曆三年（一〇四三）八月	三十九歲	四個月	長編卷一百四十，墓誌銘、神道碑	
權知慶州	同年九月			長編卷一百四十三	
與宣撫使韓琦赴闕，仍任知制誥、判三班院	同年十一月	三十九歲	九個月	長編卷一百四十五，墓誌銘、神道碑	

續表

職任	任職年月	任職年齡	任職時間	出處	備注
提舉河北便糴糧草	慶曆四年（一〇四四）七月十三日	四十歲	一個月	長編卷一百五十三、墓誌銘、神道碑	
龍圖閣直學士、知成德軍，充真定府、定州路安撫使	同年八月十四日		四個月		
奏保州平	同年九月三日				
升起居舍人	同年九月九日				
徙知秦州，爲秦鳳路都總管、經略安撫使	同年十二月二十七日		十個月		
遭父喪	慶曆五年（一〇四五）七月三日	四十一歲	兩年	田延昭墓誌銘、長編卷一百五十七、墓誌銘、神道碑	按喪制，守喪三年，應到慶曆七年。
詔起復，辭	同年八月九日				
得終喪	同年十二月				

續表

職任	任職年月	任職年齡	任職時間	出處	備注
服除，以樞密直學士爲涇原路兵馬都總管、經略安撫使、知渭州，轉尚書禮部郎中①	慶曆七年（一〇四七）十一月	四十三歲	約一年	長編卷一百六十一、宋會要職官七七之五、墓誌銘、神道碑、宋史本傳，金石萃編華嶽題名	
遷右諫議大夫、知益州，充益、梓、利、夔兵馬鈐轄，右諫議大夫	慶曆八年（一〇四八）四月②	四十四歲	二年	宋史本傳、墓誌銘、神道碑、長編卷一百六十七、卷一百六十四	詳見正文。
遷給事中，召守御史中丞，充理檢使	皇祐二年（一〇五〇）十一月	四十六歲	未到任	墓誌銘、神道碑、長編卷一百六十七	未上任即改三司使。
樞密直學士、權三司使，加龍圖閣學士、翰林學士	同年閏十一月	四十六歲	三年	墓誌銘、神道碑、宋史本傳、長編卷一百六十九	給事中官職仍存。

續表

職任	任職年月	任職年齡	任職時間	出處	備注
禮部侍郎、三司使	皇祐五年（一〇五三）九月	四十九歲	約半年	墓誌銘、神道碑、宋史本傳、長編卷一百七十五	
權樞密副使	至和元年（一〇五四）二月	五十歲	四年四個月	墓誌銘、神道碑、宋史本傳、長編卷一百七十六	
檢校太傅、樞密使	嘉祐三年（一〇五八）六月七日	五十四歲	約一年	墓誌銘、神道碑、宋史本傳、長編卷一百八十七	同時任命富弼昭文相，韓琦集賢相，宋庠樞密使、同平章事。
因病罷爲尚書右丞，觀文殿學士兼翰林學士	嘉祐四年（一〇五九）五月二十三日	五十五歲	約十個月	長編卷一百八十九	
以太子少傅致仕③	嘉祐五年（一〇六〇）二月	五十六歲	三年	長編卷一百九十一	
卒，贈太子太保④	同年二月十三日	五十九歲		宋史卷卷十二、長編卷一百九十八、墓誌銘、隆平集本傳、東都事略本傳、宋史本傳	

注釋：

①田況知渭州時間，史無明文。據長編卷一百六十一，慶曆七年十月，田況已是知渭州。長編卷一百五十七載田況是在慶曆五年十二月「得終喪」的。守孝三年，當於慶曆七年復出。金石萃編華嶽題名：慶曆丁亥仲冬望，樞密直學士田況被命赴涇原。丁亥即七年。可見田況是慶曆七年十一月十五日赴渭州上任的。

②知益州時間，史無明文。長編卷一百六十七載皇祐元年十月，因淯井監蠻内寇平定事，賜知益州田況「敕書奬諭」。則田況任知益州必在皇祐元年十月前。按宋會要輯稿蕃夷五之二一、二二，皇祐元年二月，田況已以知益州身份處理淯井監蠻内寇事，則其任職必在二月前。又因田況乃皇祐二年十一月「召守御史中丞」，按慣例，其任知益州當已三年，如此則慶曆八年田況當已知益州。而田況知渭州在慶曆七年，史料未言田況是任職未幾即調任知益州的。明嘉靖四川總志卷四成都名宦亦云「慶曆中知益州」。長編卷一百六十四載，慶曆八年四月，知益州、刑部郎中程戡落樞密直學士，知鳳翔府。田況應在此時接任知益州。故繫田況知益州於慶曆八年四月。

③墓誌銘、隆平集與東都事略及宋史本傳均作「太子少傅」，唯神道碑作「太子太保」。

④隆平集、東都事略及宋史本傳、長編均作「太子太保」，而墓誌銘、神道碑作「太子太傅」。

表内出處史料簡稱（下同）：

墓誌銘：宋王安石臨川文集卷九十一太子太傅致仕田公墓誌銘，四部叢刊初編縮印本。

神道碑：宋范純仁范忠宣公文集卷十六太子太保宣簡田公神道碑，宋集珍本叢刊影印元刻明修本，二〇〇四年。

長編：宋李燾續資治通鑑長編，中華書局點校本，二〇〇四年。

宋史：元脱脱等宋史，中華書局點校本。

隆平集：宋曾鞏撰，中華書局點校本。

東都事略：宋王稱撰，臺北文海出版社影印清刻本，一九六七年。

金石萃編：清王昶編，掃葉山房本。

四　地方政績

田況在地方任職十二年，主要到過三大地區：一是宋遼邊境的河北，二是宋夏邊防前綫的陝西，三是號稱難治的四川。他在這三個地區都頗有治迹，表現出「知兵」的特長。

（一）陝西治譽

田況曾三次爲官陝西，均有治迹。

康定元年，田況自江寧府通判任上回朝時，仁宗本擬任其爲諫官，因當時西夏趙元昊反，夏竦、范仲淹經略陝西，恐不能獨辦，請田況輔佐，田況遂爲陝西經略安撫司判官，直集賢院，參都總軍事〔一八〕。

康定年間，宋朝曾出動大軍猛烈攻擊西夏，結果先後遭遇三川口、好水川、定川寨三大敗仗，陝西經略安撫使夏竦備受責難。田況任職陝西經略安撫司判官期間的政治作爲據史書記載有三方面。

一是慶曆元年二月上言反對出兵攻打西夏。康定元年十二月，依陝西經略安撫副使韓琦「所畫政策」，「詔鄜延、涇原兩路取正月上旬同進兵入討西賊」，對此，兩府大臣都同意，只有樞密副使杜衍反對〔一九〕。田況應是在接到詔命後上疏：「韓琦等人奏畫攻、守二策，以稟勝算。其守策最備，可以施行，不意朝廷使用攻策。」接着，列舉了攻策「不可者七」，建議：「乞召兩府大臣定議，但會嚴設邊備，若更有侵擄，即須出兵邀擊，以摧賊勢。」

「乞密降朝旨下都部署司」〔二〇〕。田況所言七大理由從陝西邊防現狀出發，很有針對性，具有很强的説服力，「於是罷出師」〔二一〕。這是田況第一次表現出他「知兵」的特長，並且受到朝廷賞識。

二是慶曆元年五月上兵策十四事，系統、詳細地論述陝西邊防事宜。這是田況對於陝西邊防的綱領性建議，見載於長編卷一百三十二、國朝名臣奏議卷一三二、歷代名臣奏議卷三二五等處。東都事略田況傳稱其「又言所以治邊者十四事，仁宗多見聽用。」〔二二〕

三是調整陝西邊防政策，詔諸路各置招撫蕃落司，以知州、通判或主兵官兼領之。

田況第二次赴陝西在慶曆三年七月。慶曆三年七月十九日，參知政事范仲淹爲陝西宣撫使，行前「乞更選近臣一直同往，每事議而後行，庶幾無失」。八月二日，知制誥田況爲陝西宣撫副使〔二三〕。九月戊子（二十四日），田況又權知慶州（今甘肅慶陽）。

此次任命，是因原知慶州滕宗諒遭到陝西四路經略安撫招討使鄭戩、監察御史梁堅等人彈劾，移知鳳翔府。范仲淹及諫官歐陽脩都上疏爲滕宗諒辯解，田況到慶州後，極力爲滕宗諒辯解，「見滕宗諒別無大段罪過，並燕度生事張皇，累具奏狀，並不蒙朝廷報答，又遍作書，告在朝大臣，意欲傳達於聖聽，大臣各避嫌疑，必不敢進呈況書。」當年十月，歐陽脩在爲滕宗諒辯解時説：「其田況累次奏狀，並與大臣等書，伏望聖慈盡取詳覽。田況是陛下侍從之臣，素非姦佞，其言可信。又其身在邊上，事皆目見，必不虛言。」〔二四〕然而，雖經范仲淹、歐陽脩幾次上疏力諫，滕宗諒還是在慶曆四年正月責知虢州〔二五〕。

田況任陝西宣撫副使後不久，樞密副使韓琦「以仲淹已作參政，欲自請行」，得到批準，范仲淹回朝，韓琦出任陝西宣撫使，與田況搭檔〔二六〕。田況此次赴陝西時間不長，慶曆三年十一月己巳（五日），陝西都轉運使、起居舍人、天章閣待制孫沔爲禮部郎中、環慶路都部署、知慶州，庚寅（二十六日），陝西安撫使韓琦、副使田況赴闕。田況的第二次陝西之行，就這樣結束了。

慶曆四年十一月，田況以龍圖閣直學士、起居舍人知秦州（今甘肅天水）〔二七〕。慶曆五年八月三日，田況父親去世。八日，「詔起復。況固辭。又遣內侍持手詔敦諭，況不得已，乞歸葬陽翟，託邊事求見，並請終喪，上惻然許之。……帥臣得終喪，自況始。」此年十二月，田況才「得終喪」〔二八〕。

田況爲父持喪三年，直到慶曆七年。宋會要職官七七之五載：

> 七年十月三日，詔令田況召見。況言，禫制未滿，欲依起復例服飾，又緣不帶起復官。詔服素紗巾黑帶入見。

此次入見，田況被任爲知渭州（今甘肅平涼）。長編卷一百六十一載，慶曆七年九月甲戌（三日）降引進使、眉州防禦使、知渭州張亢領果州團練使，知磁州。則田況顯然是接張亢任的，在九月間當已下詔，而出發赴渭州，則到「仲冬」——十一月了。

據金石萃編，田況在慶曆丁亥（七年）仲冬望日曾在華山題名，應是在知渭州任上。此次任職時間不長，田況在皇祐元年二月前，已到任益州〔二九〕。長編卷一百六十九云「況在蜀逾二年」，而皇祐三年十一月，田況已自知益州回朝爲權御史中丞，故田況至少應在慶曆八年十月前已出任知益州。另外據長編卷一百六十四，慶曆八年四月程戡罷知益州，改任知鳳翔府，故田況調任知益州當在此時。如此，則田況在渭州也僅一年而已。

這次任職陝西，田況先後出任知秦州與知渭州，因爲父喪守制兩年，故總共不到兩年。其間事迹，見載於史册者甚少。僅見長編卷一百五十四載，慶曆二年二月戊子朔，分遣内臣往諸路選汰羸兵，李燾認爲可能是採納了田況於元月上疏請汰諸路兵之言。

皇祐元年二月，權三司使葉清臣在奏對時説到：「詔問輔翊之能，方面之才，與夫帥領偏裨，當今孰可以任此者。……今輔翊之臣，抱忠義之深者，莫如富弼；爲社稷之固者，莫如范仲淹；諳古今故事者，莫如夏竦；議論之敏者，莫如鄭戩。方面之才，嚴重有紀律者，莫如韓琦；臨大事能斷者，莫如田況；剛果無顧避者，莫如劉涣；宏遠有方略者，莫如孫沔。」此時，作爲陝西邊防的「方面之才」，田況因「臨大事能斷」，與韓琦、劉渙、孫沔並列，成爲西北棟樑〔三〇〕。

（二）保州平叛

除在陝西和四川任職外，田況還曾在河北任職，其時間是在兩次赴陝西之間。

慶曆四年七月辛未（十三日），因「河北告兵食闕」，知制誥田況提舉河北便糴糧草〔三一〕。八月五日，樞密副使富弼爲河北宣撫使，修飭邊備。這是和田況任務相輔的差使。八月戊戌（九日），樞密院言保州兵亂，庚子（十一日），命知制誥田況往保州城下，相度處置叛軍。癸卯（十四日）以田況爲龍圖閣直學士、知成德軍（今河北正定），充真定府、定州路安撫使，全權負責保州之事〔三二〕。八月二十七日，田況言：「保州沿邊人户，多扇言軍賊作亂，引契丹軍馬入界。以臣所料，必有人固欲動摇邊民。乞下沿邊安撫司，密乞捕輯，法外施行。」從之〔三三〕。

關於保州兵變事，宋會要載：

雲翼軍　仁宗慶曆四年八月，樞密院言，保州雲翼軍今月五日閉城作亂，先遣內侍劉保信馳往視之。即命知制誥田況往州城下處置叛軍，得以便宜從事。以步軍副都指揮使李昭亮將其兵。時方遣樞密使富弼爲河北路宣撫使，二府以兵官未有統領，即令富弼兼程至城下統其節制。而再降敕牓招安，仍令況等且引兵退，選人入諭城中以禍福。二十五日，況與昭亮遣右侍禁郭逵入城曉諭，叛軍縋城下者約二千餘人，相次遂開城門。令楊懷政部領軍馬入城。其元凶造逆兵士四百二十九人，聲言令歸本營。比點名入營，用力搶擁大井中，並盡殺戮。其傷殘軍民，即撫存之。於是況等上其功五等，詔並賞之〔三四〕。

九月三日，田況奏保州平。此次保州雲翼軍因爲「廩賜不均」引發叛亂，殺死了保州城內通判及以下不少官吏，據城拒命。田況不到一個月即平定了叛亂，表現出他的才幹。田況因此升爲起居舍人。

但是，田況坑殺降卒四百餘人的行爲，未免殘酷，雖然朝廷下令褒獎，但士大夫頗有非議。宋史本傳云：「保州之役，況阬殺降卒數百人，後大用之，然卒無子。」其論贊云：「迺阬降卒，弗忌陰禍。」

（三）益州安蜀

田況治理地方，政績最著者，當推治益州時。

田況在慶曆八年四月後自知渭州調任知益州，時年四十四歲。皇祐二年十一月，田況即奉召還朝。其間，在益州三年，實際祇有兩年時間。

宋初以來，知益州最爲著名者，當推張詠〔三五〕。田況對張詠十分仰慕，欽佩無已。在儒林公議中，一百零四條記事中有八條記述張詠事迹，專門記載張詠在益州的就有兩條，而本書專記太祖者五條，專記太宗者十條，專記元昊者五條。其餘提及的大臣，多不過三條，少僅一條而已。這也説明張詠治蜀事迹給田況留下了深刻影響。

田況在益州曾參與平定淯井監蠻。長編卷一百六十六載：

皇祐元年二月，梓夔路鈐轄司言，淯井監蠻萬餘人内寇，詔知益州田況發旁郡卒，令梓夔路鈐轄宋定親討捕之。至四月，夷人平〔三六〕。

七月二十八日，爲表彰平定淯井監蠻之功，賜知益州田況、梓州路轉運使何知至敕書獎諭，梓州路鈐轄宋定以下賞賜有差〔三七〕。

皇祐元年八月三日，田況言，乞將養馬務見管黎州買到第二第三等馬，計綱發赴陝西轉運司交割，就近支配。闕馬兵士，詔令陝西轉運司相度，如堪配填諸軍，即令分配，不堪支與諸軍，並支撥與馬鋪〔三八〕。黎州乃今四川漢源縣北清溪鎮東北，與西南夷有馬之貿易。

淯井監蠻平定後，田況就考慮以馬匹支援陝西。

離開益州後，田況仍然關心蜀地事宜。皇祐三年三月，田況上書言：

淯井監夷人，連年以圍監城，水陸不通，傷害人命。始因監户負晏州夷人錢，而毆傷斗落妹，致夷衆憤怒，欲來報怨。知瀘州張昭信勸諭，既以聽服，而本監服繫婆然村夷人細令寺，殺長寧州落占等十人，是以激成叛亂。本路及益州路鈐轄司合官軍洎白艻子弟近二萬人援之，戰没者甚衆，兵民飢死者殆千餘人。蓋由本監不得人致此。請自今令轉運、鈐轄司舉官爲知監、監押，代還日特遷一資。

朝廷聽從了田況的建議〔三九〕。宋會要載此事，將權三司使田況記爲「前知益州」，而長編載此事，删去「傷害人命」至「是以激成叛亂」一段，稱田況爲「龍圖閣學士」。全宋文編者不察，自長編引此奏，故亦漏去一段。當應從宋會要輯録，而注長編以爲參考方是。

長編在田況自益州調回朝廷時有一段評語：

益州自李順、王均再亂，人心易摇，守臣得便宜從事，多擅殺以爲威。雖小罪，猶並妻子徙出蜀，至有流離死道路者。況在蜀逾二年，拊循教誨，非有甚惡，不使東遷，蜀人尤愛之，以繼張詠。（卷一百六十九，四〇六四頁）

李燾注云此據田況本傳。墓誌銘亦有記述，大略與長編同，而神道碑爲詳，現録於下：

蜀經王均、李順之亂，人易動。先是，許守將以便宜，多專殺立威，雖小罪，或並徙其妻子出蜀。以故，老幼死道路，丁壯逃而爲盜者甚衆。公至，首詢問民間疾苦，視貧弱不能自存者振業之，先教誨，後刑罰，果桀惡，然後致之法，蜀人安之。奏減三司市布，增常平歲糴，以備凶歉。蜀大饑，人無莩亡。論者以公治蜀，大略有張忠定公之風。治狀聞，璽書褒諭。

田況在蜀逾兩年，留下了不少詩文。據全宋文，田況的文章有益州增修龍祠記、浣花亭記、古柏記、進士題名記、張尚書寫真贊等五篇，均是在成都所寫。此次均收入本書附録三。田況在成都留下的詩歌也不少，最有名的是成都遨樂詩二十一首並序。這二十一首詩，自元旦開始，至冬至結束，長短不一，包括元日、初二、初五、上元、二十三日、二十八日、二月二日、八日、寒食（出城）（清明前二日）、寒食（開西園）、三月三日、九日、二十一日、三月十四日（建道場）、乾元節（仁宗生日，四月十四日）、十九日、伏日（六月十九日）、七月六日、十八日、重陽（九月九日）、冬至共二十一個節日，反映了田況與成都市民共度節日的歡樂氣氛，也反映了田況體察民情的治理方法。田況的遺詩，本書亦悉數收入附録三。

田況對益州的情感，還反映他對巴蜀士人的舉薦上。這些舉薦，是在他離開四川到朝廷任職後，反映出他對四川的眷念。據史籍記載，田況曾先後推薦益州鄉貢進士、成都士人房庶〔四〇〕，成都雙流布衣張督〔四一〕，永康（今四川都江堰）甲科進士代淵〔四二〕等。

總之，知益州的兩年多時間，是田況人生歷史上一段光輝的歲月，也是他在地方從政業績最大的地方。綜合田況的地方政績，可以看出，他熟諳邊防事務，善於弭亂，可謂知兵的地方官。

五　爲官朝廷之功業

田況一生中，有四次在朝廷爲官。第一次是早年任秘書省著作佐郎，那是一個正八品的小官，而且没有留下什麼記載。

第二次回朝任職，在慶曆元年九月二十八日，田況以太常丞、直集賢院出任諫官右正言，至慶曆三年八月出任陝西宣撫副使，田況在朝兩年。在此期間，田況除任右正言外，「判三司理欠憑由司、權修起居注，遂加制誥、判國子監」〔四三〕。

第三次回朝，是慶曆三年十一月，至四年七月，共計九個月。第四次是皇祐二年回朝，由三司使做到樞密使。下面逐次叙述。

（一）第二次回朝

在此期間，田況見載於史籍的事迹主要有五項。

一是言陝西邊事。田況從陝西歸來後，對陝西邊防事宜，尤爲究心。慶曆元年十一月，田況在任右正言後首次言陝西事，上奏要求在鎮戎等地大興營田。長編卷一百三十四載，其内容如下：

鎮戎、原、渭，地方數百里，嘗被西賊寇鈔，無復農作。今竭關中之力，耗都内之錢，纔可贍延州、保安軍糧芻之費，若更供億他路，則邦計危蹙可憂。臣謂宜以賊馬所踐，無人耕種之地，大興營田，以新揀退保捷軍每五百人置一堡，等第補人員，每三兩堡置營田官一員，令以時耕種，農隙則教習武藝，以備戰鬬。今老弱罹殺害，而壯者悉被驅虜，將來縱有歸業，皆家貲蕩然，不能自耕。其田土並官爲收買之，如願復舊地者，以官所種田苗半給之。庶幾農田不荒，而邊計可紓也。

慶曆三年三月，他又上言：

> 西夏遣使賀從勗等持書至闕，將許入見。自昊賊叛命以來，屢通書。今名分未定，若止稱元昊使人，則從勗未必從；若以僞官進名，則是朝廷自開不臣之禮。宜且令從勗在館西就問之。〔四四〕

元昊的「名分」這些有關外交禮儀的事，本來與任職右正言的田況不大相關，因與陝西邊事息息相關，田況卻很留意。

二是參預主持科舉考試。天聖八年，田況參加科舉考試，高中甲科。十二年後，他也作爲彌封官參預了主持科舉考試。這是他第一次，也是唯一一次參預主持科舉考試。田況一榜的狀元王拱辰也列名其中，爲同知貢舉。

慶曆二年正月十二日，以翰林學士聶冠卿權知貢舉，翰林學士王拱辰、蘇紳、知制誥吴育、天章閣待制高若訥並權同知貢舉。龍圖閣直學士孫祖德、直集賢院田況封彌卷首。此次考試，禮部奏名進士共五百七十七人，榜首（省元）是楊寘〔四五〕。三月十五日，仁宗御崇政殿親試禮部奏名進士，録取四百三十六人，狀元仍是楊寘〔四六〕。楊寘「初試國子監、禮部皆第一」，及殿試，又是第一，連中三元，仁宗即位以來至此舉行了科舉考試六次，首次出現連中三元的情況。仁宗「喜動顔色」，「公卿相賀爲得人」。楊寘授將作監丞、通判潁州。很不幸，楊寘「未至官，持母喪，病羸卒」〔四七〕。

三是同議裁判浮費。慶曆二年四月戊寅（五日），權御史中丞賈昌朝、右正言田況、知諫院張方平、入内都知張永和與權三司姚仲孫同議裁減浮費〔四八〕。據大事記講義云，此次任命的原因是「時西兵不解，財用益屈」〔四九〕。

四是議軍事。慶曆二年四月，右正言田況言，朝廷擇任將帥，以備北敵，乃用楊崇勳、夏守贇、高化等，中外物情，深未允協，恐誤機事。詔各選通判、幕職官往佐助之〔五〇〕。

六月，侍御史魚周詢劾奏判河陽、護國節度使、右僕射兼侍中張耆典藩無狀，乞令就京師私第養病。詔擇人代還。右正言田況請罷張耆將相之任，使以散官就第〔五一〕。

慶曆三年七月，田況乞選諸路軍不堪戰者爲廂軍，云：「若謂兵驕久，一旦澄汰，恐致亂，則去年韓琦汰邊兵萬餘，豈聞有亂者哉！」〔五二〕

田況所言之事，不外乎是選將揀兵，希望能提高軍隊戰鬥力。

五是維護禮儀制度。慶曆二年九月，宰臣呂夷簡判樞密院事，宣制後，朝論甚喧，參知政事王舉正言二府體均，判名太重，不可不避。田況時爲右正言，復以爲言，呂夷簡亦不敢當「判」字，後改兼樞密使〔五三〕。

十一月，通判雄州、太常博士梁蒨，契丹使蕭偕入境，接伴使未至，而梁蒨擅自引契丹使至京師。知諫院田況劾其不俟命，梁蒨徙通判德州〔五四〕。

慶曆三年八月，田況上奏稱：「今諫議大夫無復職業，自司諫、正言、知諫院，皆補遺之任，而朝廷責其言如大夫之職矣。然地勢不親，位序不正，在朝廷間，與衆人同。」此事經兩制詳定，從此諫官「令日赴内朝」〔五五〕。

田況「嘗面奏事，論及政體，帝頗以好名爲非，意在遵守故常」。田況退而著論上之。此論見載於長編、宋史田況傳，即著名的好名論。

（二）第三次回朝

慶曆三年八月，田況第二次赴陝西任宣撫副使，僅三個月，便在十一月與宣撫使韓琦一道赴闕，第三次回朝，任知制詔，判三班院。自此至慶曆四年七月，田況在朝廷時間共九個月。這一期間，見載於史册的田況事迹大致有四項。

其一是慶曆四年二月議解鹽法，知制誥田況與樞密副使韓琦請用汝州知州、太常博士范祥之策，後范祥「馳傳與陝西都轉運使程戡同議解鹽法」〔五六〕。

其二是慶曆四年四月，田況與判國子監王拱辰、王洙、余靖等上言：「今取才養士之法盛矣，而國子監才二百楹，制度狹小，不足以容學者，請以錫慶院爲太學，葺講殿，備乘輿臨幸。以潞王宫爲錫慶院。」從之〔五七〕。

其三，同月，邊奏契丹修天德城及多建堡寨。知制誥田況意敵蓄奸謀，乃上疏請求仁宗「願因燕閒，召執政大臣於便殿，從容賜坐，訪逮時政，專以敵患爲急」〔五八〕。

其四是同年五月，知制誥田況上疏，言賜元昊茶不可以大斤，「臣乞陛下特召兩府大臣共議，保得久遠，供給四夷，中國不困，則雖大斤不惜。若其爲患，如臣所料，不至妄言，即乞早議定計。」〔五九〕

（三）第四次回朝

皇祐二年田況自益州知州任上，召還朝廷，自此在中央任職，直至嘉祐五年致仕，共十一年。此次回朝後，田況先後擔任三司使、樞密副使、樞密使。

皇祐二年十一月，田況本來是奉旨回朝權御史中丞的。但他尚未回到朝廷，閏十一月，資政殿學士、尚書左丞王舉正便被任命爲以本官權御史中丞。因此，田況回朝後，改任樞密直學士、權三司使。在權三司使期間，田況還任「翰林學士、兼龍圖閣學士、給事中」。皇祐五年九月，田況升爲禮部侍郎、三司使。禮部侍郎是正三品下，田況又身任「計相」，仍表現得很謙讓。按舊制，三司使内朝班學士之右，獨立石位，殿門外亦班其上，而田況「以觀文殿學士王舉正二府舊人，固推之」。十月，仁宗下詔：「三司使田況班内朝依石位，如門外序班，即在觀文殿學士之下。」〔六〇〕

任權三司使與三司使的四年間，田況最大政績，便是編撰皇祐會計録。皇祐二年十二月，田況甫上任，即上皇祐會計録六卷〔六一〕。關於編纂皇祐會計録的緣由，墓誌銘曰：

> 天下財賦，自景德中嘗會計，至是公始復鈎考出入虚實之數。盖歲入多於景德而所出亦倍，公以謂天子恭儉無妄費，而有司用度乃如此，其弊不革，則殫民匱國日益以甚，顧非主計者所得專。則爲皇祐會計録六篇上之，并乞頒示二府，冀人主知其故，而與執政圖之。上覽之嘉歎。

皇祐會計録雖未能流傳至今，但其序言，尚保存於皇朝文鑑卷八七，全宋文收入，本書亦收入附録三。對於皇祐會計録，南宋學者吕中評議説：「皇祐之録，不上於田況，則所出多於所入，其誰知之？」〔六二〕

除編撰皇祐會計録外，見載於史册的三司使田況之事迹，尚有幾項。

其一是建議慎重選擇常遭「蠻族」襲擾的四川淯井監知監。此事已在田況知益州時詳述，此不贅。

其二是力挺范詳的鹽法。皇祐三年十二月，包拯自陝西還，上言稱讚范祥在陝西推行鹽法，「此誠國家大利」，要求任命范祥爲本路轉運副使，專門制置解鹽。三司使田況原本支持范祥，此時「亦請久任祥，俾專其事」。後度支員外郎范祥爲陝西轉運副使，並獲賜金紫服〔六三〕。

其三是推行增稅法。長編載：

皇祐四年二月己亥（二十三日），時河北多盜，蔡挺以選知博州（今山東聊城市），申飭諸縣嚴伍法，訪得嘗爲盜賊者數人，貸其宿負，補爲吏，使察知諸偷所在，每發必得之。且言均博平、聊城兩縣稅，歲增鉅萬。田況爲三司使，上其法，行之諸路。然大抵增稅，百姓苦之。（卷一百七十二，四一三三頁）

至和元年二月壬戌（二十八日），樞密副使、給事中孫沔罷，三司使、禮部侍郎田況爲樞密副使〔六四〕。在任樞密副使期間，見載於史册的田況事迹，僅有兩件。

至和三年九月庚寅（十一日），宰臣富弼攝事於太廟，樞密副使田況於皇后廟，樞密副使程戡於奉慈廟。辛卯（十二日），恭謝天地於大慶殿，大赦，改元嘉祐。丁酉（二十八日），加恩百官〔六五〕。

嘉祐二年五月癸未（八日），命樞密副使田況提舉修殿前、馬步軍司編敕〔六六〕。田況第四次回朝後，幾年間即升至樞密使高位，嘉祐三年六月，二府進行了一次大調整：首相文彥博罷，次相富弼爲昭文相，韓琦升爲集賢相；王堯臣、曾公亮參知政事；宋庠爲樞密使、同平章事，田況爲樞密使，樞密副使乃程戡、張昪〔六七〕。

田況與首相富弼有親，田況神道碑稱其「與富文忠公（弼）少相友善，夫人即文忠公女弟也。迨公爲樞密使，而文忠公實爲上相，同時道行，位冠百僚，搢紳不以爲二公榮而相資，以爲天下福也」。

田況升至樞密使，正是春風得意，「大臣進拜多以次遷，公始超其列，人皆知上屬任意篤，不久公且相矣」〔六八〕。但是，田況卻突然得病，一直不見好轉。嘉祐四年五月，樞密使、禮部侍郎田況暴中風瘖，久在病告，十上章求去位。丙辰（二十三日），罷爲尚書右丞、觀文殿學士兼翰林侍讀學士，提舉景靈宮〔六九〕。

田況在樞密使任上整整一年，拋除因病請辭的半年，實際任職僅半年而已，也不可能有多少作爲。其間見載於史册的僅有嘉祐三年六月言交趾所貢異獸事，認爲不當稱「麒麟」，以免「爲蠻夷所詐」〔七〇〕。

嘉祐五年二月丁丑（十八日），田況爲太子少傅致仕〔七一〕。至此結束了他三十年的仕宦生涯。致仕四年後，嘉祐八年二月十三日，田況去世，享年五十九歲。贈太子太保，謚宣簡〔七二〕。

范純仁在神道碑末總結田況一生的宦迹云：

自爲小官，未嘗私謁執政。器宇恢然，常以天下自任，識者知其必至公輔。在諫職，於小事未嘗言，獨引大體啓迪上心。凡欲人主總攬威權，分别賢不肖，抑僥倖，明賞罰，以救時弊。當是時，仁宗鋭意太平，數咨訪大臣以天下事，其所興爲，公建明爲多。

對田況在朝廷的作爲，王安石墓誌銘曰：

當是時，上數以天下事責大臣，慨然欲有所爲。蓋其志多自公發。公所設施，事趣可功期成。因能任善不必己出，不爲獨行異言以峙聲名，故功利之在人者多，而事迹可記者止於如此。

六　爲人及影響

田況受到同時代士大夫的推崇，范仲淹爲其田況父撰寫墓志銘時叙其緣由是：「某嘗與公會于丹陽，見公氣貌話言，剛而質，毅而恭，使人信而愛之；又與經略（指田況）之游舊矣，俾序而銘云。」在銘中，又寫道：「公教其嗣，挺國之器。厥後既隆，又壽而終。天子賵焉，大夫弔焉。非積德而胡然！」

田況去世後，墓誌銘爲王安石所撰，神道碑則由范仲淹之子范純仁撰寫，其中記載了田況的爲人處世。墓誌銘曰：

公行内修於諸弟尤篤，爲人寬厚長者。與人語，款款若恐不得當其意。至其有所守，人亦不能移也。自江寧歸，宰相私使人招之，公謝不往。及爲諫官，於小事近功有所不言，獨常從容爲上言，爲治大方而已。范文正公等皆士大夫所望以爲公卿，而其位未副，公得間輒爲上言之，故文正公等未幾皆見用。當是時，上數以天下事責大臣，慨然欲有所爲。蓋其志多自公發。公所設施，事趣可功期成。因能任善不必己出，不爲獨行異言以峙聲名，故功利之在人者多，而事迹可記者止於如此。

神道碑曰：

公仁厚長者，貌稱其心。與人言，諄諄款密，唯恐失其意，而其中有以自守嶷如也。友愛諸弟，人無間言。自爲小官，未嘗私謁執政。器宇恢然，常以天下自任，識者知其必至公輔。在諫職，於小事未嘗言，獨引大體啓迪上心。凡欲人主總攬威權，分别賢不肖，抑僥倖，明賞罰，以救時弊。當是時，仁宗鋭意太平，數咨訪大臣以天下事，其所興爲，公建明爲多。與富文忠公少相友善，夫人即文忠公女弟也。迨公爲樞密使，而文忠公實爲上相。同時道行，位冠百僚，搢紳不以爲二公榮而相賀，以爲天下福也。公既被疾，下至閭巷，咸戚嗟聽伺，冀公復起，而公竟以疾薨矣。

其他史書中也記載了田況爲人，如隆平集、東都事略本傳：

況之爲人，寬厚明敏，與人若無不可，而非義不可干也。於天下事，小利近功則置而不論，所及必朝廷先務而可以利民者。

宋史本傳曰：

況寬厚明敏，有文武材。與人若無不可，至其所守，人亦不能移也。其論天下事甚多，至併樞密院於中書以一政本，日輪兩制館閣官一員於便殿備訪問，以錫慶院言廣太學，興鎮戎軍、原渭等州營田，汰諸路宣毅、廣捷等冗軍，策元昊勢屈納款，必令盡還延州侵地，毋過許歲幣，并入中青鹽，請戮陝西陷歿主將隨行親兵。其論甚偉，然不盡行也。

可見田況是一個仁厚長者，聰明機警、意志堅定，尤善長軍機邊事這些樞密院該掌之事，又臨事能斷，有很突出的才幹，可謂仁宗朝一能吏。

七　著述及價值

關於田況的著述，隆平集卷四云：「有奏議三卷，著好名、朋黨二論。」東都事略卷七十田況傳云：「嘗著好名、朋黨二論，有奏議三十卷。」宋史田況傳云：「有奏議三十卷。」宋史藝文志載：田況皇祐會計録六卷、田況文集三十卷、田況策論十卷。

隆平集所記可能有誤，或佚一「十」字。則田況著作共有三種：田況文集（奏議？）三十卷，策論十卷，皇祐會計録六卷，皆佚。隆平集與東都事略提及的好名、朋黨二論，其中好名論尚存，見於長編等處，朋黨論則未見。本書茲依全宋文爲基礎，盡力蒐羅田況遺文，編爲本書附録三。

據宋詩紀事記載，田況有「金巖集」，並收入集中數首詩。許譜亦提及此書。但遍檢諸書，未見有金巖集的著録。其所收五首詩，均見成都文類。

田況遺留至今的著作，主要即是儒林公議兩卷。本書不見於宋元書目，然確爲田況所撰。適園藏書志云：「是書之作，當在守蜀之際。」儒林公議所記事，似以「呂夷簡、王曾同在相府」條爲最晚，二人罷相，據宋史宰輔表，乃在景祐四年四月〔七三〕，與儒林公議所叙相合。此時，田況已在朝廷，任樞密直學士、龍圖閣學士、翰林學士、權三司使。即是説，儒林公議的寫定，當在田況權三司使之時。景祐五年，田況即升三司使了。故此書之完成不在益州，而在開封。

儒林公議二卷，共計一百四條，上卷六十四條，下卷四十條。書中提及的人物，至少有五十六人。次數較多的有：宋太宗（九次）、張詠（八次）、元昊（六次）、太祖、范仲淹（五次）、真宗、王曾（四次）、富弼、曹彬、楊億（三次）、李漢超、丁謂、石介（兩次），其餘一次提及的有：韓琦、德明、唃厮囉、耶律阿保機、仁宗、陳彭年、孫奭、馮元、盧多遜、吕蒙正、雷德驤、王嗣宗、卞衮、王子輿、夏竦、張知白、明肅太后、吕夷簡、薛奎、李迪、寇準、謝絳、范諷、張洎、范雍、馮拯、孔道輔、宋祁、李昉、劉筠、周啓明、徐鉉、馬亮、曹利用、种世衡、程羽、李淑、李嗣源、宋禧、安重論、葉清臣、鄭戩等人。其中，有關遼國的人、事共計約八次，提及西夏的有十次，合計十八次，在一般宋人筆記中，記載遼、夏事迹，本書是較多的。這與田況自北邊歸宋的家世和歷任陝西邊防職務有關。儒林公議中有關遼與西夏的記述，常爲研究者所引用。

儒林公議中所記張詠事，當係其在益州任内所聽聞。王曾、韓琦、富弼、孫奭、馮元、呂夷簡、薛奎、宋祁、葉清臣、鄭戩等人，均是田況的上司、同僚，而其未經歷之太祖、太宗及其時群僚之事，則係聽聞。儒林公議所記諸事，多有所據，翔實可信，允稱宋人説部中之翹楚，極具價值。清紀昀四庫全書總目卷一四〇子部小説類一稱田況「無標榜門户之私，『公議』之名，可云無忝矣。……絶無黨同伐異之見，其心術醇正，亦不可及」。

八　結語

宋初以來，文臣出任掌管軍政的樞密院的長官者人數日多。宋仁宗朝四十二年，共有樞密使二十一位，其中，曹利用、曹彬、錢惟演、張耆、楊崇勳、王貽永、狄青、王德用八人，或爲武將，或爲外戚、近臣，文臣樞密使有十三位。其中王曾、晏殊、杜衍、賈昌朝、宋庠、龐籍、韓琦、富弼八人後皆官至宰相，樞密使之職是其進身之階。其他五位文臣樞密使有王曙、夏竦、高若訥、田況、張昪，其中除王曙、田況之外知兵者少，多在樞密院無大作爲。而田況作爲一個因「澶淵之盟」才成爲大宋臣民的人，有幸生活在北宋政治最爲寬鬆的仁宗朝，通過進士科和制科考試，仕途通達，逐步升遷，最終官至樞密使。田況雖是文臣，熟諳邊防與軍機事務，擅於解決兵戎糾紛，由樞密副使而正使，直至致仕，盡心盡力，堪稱「真樞密」。

二〇一四年六月於廣州暨南花園

二〇一四年十二月修定

注釋

〔一〕宋吕中大事記講義卷十，上海人民出版社點校本，二〇一四年，二一〇頁。

〔二〕元脱脱等宋史卷三百十「論曰」，中華書局點校本，一九七七年，九七八四頁。

〔三〕這四種史料的詳情，請參本書一四三頁田況仕宦簡表之注語。

〔四〕宋范仲淹范文正公集卷十四太子右衛率府率田公墓誌銘云：「其先雁門人。」

〔五〕范仲淹太子右衛率府率田公墓誌銘曰：「公諱紹方。」年譜則云：「父紹方，字延昭。」不知何據，年譜文中則稱「延昭」。

〔六〕詳見宋史卷二百六十四宋琪傳。

〔七〕宋王珪華陽集卷三一。

〔八〕「同學究出身」，即「同學究科出身」。「學究科」爲諸科之一，諸科亦分爲「及第」與「出身」兩種。不能「及第」者，授「出身」。田況授「同學究出身」，是在「進士及第」與「進士出身」、「諸科及第」

之後的第四等，因成績差，是末等，故其不受。

〔九〕許譜亦將田況首次參加科舉考試定在此年。然許譜云田況被授「同進士出身」，不知何據，墓誌銘、神道碑皆作「同學究出身」。

〔一〇〕宋會要輯稿選舉一之一〇，中華書局影印本，一九五七年，四二三五頁。

〔一一〕宋會要輯稿選舉七之一五，四三六三頁；文獻通考卷三十二選舉五，中華書局影印本，一九八六年九月，三〇五頁；續資治通鑑長編卷一〇九，二五三七頁；宋史卷九仁宗一，一八八頁。

〔一二〕劉沆　原作「劉沅」，據宋史卷三百八十五劉沆傳改。

〔一三〕此據墓誌銘、神道碑，唯宋史本傳作「江陵府」，當誤。年譜沿宋史作「江陵府」。

〔一四〕大事記講義卷十，二〇九頁。

〔一五〕此據宋會要輯稿選舉一〇之二二，四四二二頁；長編卷一百二十二，二八七六頁云：「亢與宰相張士遜連姻，報罷。」

〔一六〕宋會要輯稿選舉一〇之二二原作「宣州」，墓誌銘、神道碑、東都事略本傳、宋史本傳、續資治通鑑長編俱作「江寧府」。

〔一七〕年譜繫於慶曆二年，誤，蓋未見長編卷一百三十三記載。

〔一八〕王安石田公墓誌銘，臨川先生文集卷九十一，四部叢刊初編縮印本，五六九頁。

〔一九〕長編卷一百二十九，康定元年十一月乙巳條，三〇六二頁。

〔二〇〕詳見長編卷一百三十一，慶曆元年二月丙戌條，三〇九五至三〇九八頁。

〔二一〕長編卷一百三十一，慶曆元年二月丙戌條，三〇九八頁；宋史本傳。

〔二二〕王稱東都事略卷七十四田況傳。

〔二三〕宋會要輯稿職官四一之一八，三一七五頁；長編卷一百四十二，慶曆三年八月丙申條，三四一五頁。

〔二四〕長編卷一百四十四，慶曆三年十月甲子條，三四八七頁。

〔二五〕長編卷一百四十四，慶曆三年十月甲子條，三四八八頁、三四八九頁注。

〔二六〕長編卷一百四十二，慶曆三年八月癸丑條，三四二一頁。

〔二七〕長編卷一百五十三，慶曆四年十二月，三七二五頁。

〔二八〕長編卷一百五十七，慶曆五年八月丙辰條，三七九六頁；宋會要輯稿職官七七之五，四一三五頁。

〔二九〕據宋會要輯稿蕃夷五之二一、二二，長編卷一百六十六載皇祐元年二月，梓夔路鈐轄司言，淯井監蠻萬餘人內寇……詔知益州田況發旁郡士卒令梓夔路鈐轄宋定親捕討之。可知此時田況已在知益州任上。

〔三〇〕長編卷一百六十六，皇祐元年二月辛巳條，三九八八至三九九一頁。

〔三一〕長編卷一百五十一，慶曆四年七月辛未條，三六六五頁；墓誌銘。

〔三二〕分見長編卷一百五十一，慶曆四年八月，三六七四頁、三六七七頁、三六八三頁；宋史卷十一仁宗三，二一八頁。

〔三三〕宋會要輯稿兵一一之二〇，六九四七頁。

〔三四〕宋會要輯稿兵一〇之一五，六九二六頁。

〔三五〕詳參拙文張詠事文考述，載張乖崖集，中華書局點校本，二〇〇六年。

〔三六〕又見於宋會要輯稿蕃夷五之二一至二二，七七七七頁。

〔三七〕長編卷一百六十七，皇祐元年七月癸丑條，四〇〇八至四〇〇九頁。

〔三八〕宋會要輯稿兵二四之一七，七一八七頁。

〔三九〕宋會要輯稿蕃夷五之二三，七七七七頁；長編卷一百七十，皇祐三年三月乙丑條，四〇八四頁。

〔四〇〕宋會要輯稿選舉三四之三七，四七九三頁；長編卷一百七十一，皇祐三年十二月甲辰條，四一二二至四一二四頁。

〔四一〕長編卷一百七十七，至和元年十二月甲寅條，四二九七至四二九八頁；卷一百九十，嘉祐四年十一月，四五九九至四六〇〇頁。

〔四二〕宋會要輯稿選舉三四之三七，四七九三頁。

〔四三〕墓志銘，神道碑，長編卷一百四十三，慶曆三年八月丙申條，三四一五頁。

〔四四〕長編卷一百四十，慶曆三年三月乙酉條，三三五八頁。

〔四五〕宋會要輯稿選舉一九之一〇、一一，四五六七頁、四五六八頁；二二之四，四五九七頁；一之一〇，四二三五頁。按，其中「孫祖德」一九之一〇作「龍圖閣學士」，二二之四則作「龍圖閣直學士」，似以後者爲當。長編卷一百三十五，慶曆二年正月丁巳條，三二一四頁。

〔四六〕宋會要輯稿選舉七之一六，四三六三頁；長編卷一百三十五，慶曆二年三月乙丑條，三二二八頁。

〔四七〕長編卷一百三十五，慶曆二年三月乙丑條，三二二八頁。

〔四八〕長編卷一百三十五，慶曆二年四月乙亥條，三二三三頁。

〔四九〕大事記講義卷十一省財費崇節儉，二二三頁。

〔五〇〕長編卷一百三十五，慶曆二年四月丙申條，三二九三頁。

〔五一〕長編卷一百三十七，慶曆二年六月，三二八〇至三二八一頁。

〔五二〕長編卷一百四十五，慶曆三年十二月，三五二〇頁。

〔五三〕長編卷一百三十七，慶曆二年九月乙巳條，三二九〇頁。

〔五四〕長編卷一百三十八，慶曆二年十一月丁酉條，三三二六頁。

〔五五〕長編卷一百四十二，慶曆三年八月戊戌條，三四一五至三四一六頁。

〔五六〕長編卷一百四十六，慶曆四年二月乙未條，三五二三、三五二四頁；宋會要輯稿食貨一三之三八，五一九三頁。

〔五七〕長編卷一百四十八，慶曆四年四月壬子條，三五八九頁。

〔五八〕長編卷一百四十八，慶曆四年四月庚申條，三五九三至三五九四頁。

〔五九〕長編卷一百四十九，慶曆四年五月甲申條，三六一三至三六一五頁。

〔六〇〕長編卷一百七十五，皇祐五年十月丙申條，四二三六頁；宋會要輯稿儀制三之二三、二四，一八八三頁。

〔六一〕大事記講義卷九，一九七頁；宋史卷二百〇三藝文二，五一〇六頁。

〔六二〕大事記講義卷六，一三一頁。

〔六三〕長編卷一百七十一，皇祐三年十二月戊戌條，四一二〇頁。

〔六四〕長編卷一百七十六，至和元年二月己未條，四二五四頁；宋史卷二百一十一宰輔二，五四七五頁。

〔六五〕長編卷一百八十四，嘉祐元年九月庚寅條，四四四七頁。

〔六六〕長編卷一百八十五，嘉祐二年五月癸未條，四四七八頁。

〔六七〕宋史卷二百一十一宰輔二，五四七八頁。

〔六八〕神道碑。

〔六九〕長編卷一百八十九，嘉祐四年五月壬子條，四五六六頁；墓誌銘，神道碑，宋史本傳，隆平集卷十一田況傳，東都事略卷七十田況傳。長編、墓誌銘、宋史本傳作「尚書右丞」，而神道碑、隆平集、東都事略則作「尚書左丞」。

〔七〇〕宋會要輯稿蕃夷七之三〇，七八五四頁；長編卷一百八十七，嘉祐三年六月丁卯條，四五一五頁；宋史卷十二仁宗四，二四二頁。

〔七一〕同上。

〔七二〕同上。

〔七三〕宋史卷二百一十一宰輔二，五四六〇至五四六一頁。

附録三　詩文輯佚

目録

遺文……一八三
益州增修龍祠記……一八三
浣花亭記……一八四
古柏記……一八五
進士題名記……一八六
張尚書寫真後贊……一八七
皇祐會計録序……一八八
内帑策……一八九
奏疏……一九二
論攻策七不可奏……一九二
兵策十四事奏……一九五
鎮戎等地宜大興營田奏……二〇三
西夏賀從勗持書入見宜令在館就問奏……二〇四
論好名奏……二〇四
乞諫官綴兩省班次奏……二〇五
西夏歲給不可妄增奏……二〇六
乞訪問執政專以寇患爲急奏……二〇七
賜元昊茶不可與大斤奏……二〇八
乞密令緝捕扇動邊民之奸人奏……二〇九

乞汰冗兵奏 …… 三〇
請令益梓路轉運鈐轄司舉官
爲知監押奏 …… 三一
請位王舉正之下奏 …… 三二
交趾所貢異獸有詐奏 …… 三二
遺詩 …… 三三
題琴臺 …… 三三
成都遨樂詩二十一首并序 …… 三三
贈都監雍元規 …… 三二
潁水 …… 三二
寄道士張明真 …… 三三
句 …… 三三

遺文

益州增修龍祠記

祭法：「山川林谷丘陵，能出雲爲風雨，見怪物，皆曰神。」鄭氏謂：「怪物，雲氣，非常見者也。」愚謂既曰出雲爲風雨，又曰見怪物，是怪物非止於雲氣，但能聳動人耳目，靈應非常事皆是也。

蜀之西山，有池曰滋茂，亦曰母慈，以其能興雲雨，救旱暵，楙養百穀，而得是名。唐開元中，章仇兼瓊既得平戎城，夢一女子謂曰：「我此城之龍也，今棄戎歸唐，願有以居我。」章仇異之，表爲立祠，在益州城西北隅。厥後水旱禳祈，蒙嘉應者數矣。

逮高駢廣新城，其祠乃入城中。既而板築，至其處，輒有大風雨壞之。駢亦夢神女，自稱滋茂池龍君，求其祠限闉外，以便往來。駢寤而從之。蜀人記其事，傳爲信然。

皇朝典是邦者，多爲民禱雨獲應，故其祠益嚴。予署事明年春三月，雨時霰霹，僅沾土而復止。穄麻被野，日燥以病，江流勢微，釃導者不足以溉，旁山群邑，尤懼失歲，群祀無不徧走。或曰：「西山滋茂湫，稔聞其異，意將有所待乎？」願遣吏誠潔者取池水，具音樂，緇黄歌唄，迎而貇祠之，宜有冥感。」吏至其所，亟取水以走，謂爲偷湫。然雷風亦隨而起，及抵郛外，祠中雲色靉靆晦矣。是夕大雨，三之日，遠近告足，遂致有年。

先是，祠之中扉前皆不屋，蒿榛汚塞，垣墻缺然。因命幹集工徒，慮物材，增完而敞大之，以荅神之休。然欲作文記之，而未果也。明年春，復旱如初，又迎水而祈之，其應亦如初。予乃謂同僚曰：「是豈非祭法所謂神而非常事者耶？」退而爲之記。皇祐二年記。

（成都文類卷三二）

浣花亭記

人之情，久居勞苦則體瘽而事怠，過佚則志荒而功廢，此必然之理也。善爲勸者節其勞佚，使之謹治其業，而不失休游和樂之適，斯有方矣。近世治蜀者以行樂爲郡務之一端，蓋壤土迫陿，民齒稠夥，農工趨力，猶水火漂燔之急。雖年穡屢獲，丁疆下户尚不饜藻芋，一不勤而重歉，當何如哉！至若機杼刺繡，錦繒纑纊之出，則衣被四方，無如此饒者。然民之力亦已劇矣，典是邦者未言政之精踈峻弛，歲時出入燕敖，必盛騎從鼓鐃歌優雜伎，以悦民觀賞，慰其勞苦。每歲皆有定日，亦不甚過，然輒易其常，則民懟而失所望。自歲旦涉孟夏，農工未盛作時，觀者填溢郊郭。過浣花之遊，則各就其業，太守雖出，遊觀者希矣。故浣花一出，在歲中爲最盛。綵舲方百尾，泝沔久之而下，歌吹振作，夾岸遊人肩摩足累，綿十里餘。臨流競張飲次，朋侶歌呼，或迎舟舞躍獻伎。曛夜老幼相扶，挐醉以歸，其樂不可勝言已。信乎，皇仁溥遠浸滲，蒙幸太平之效致然歟！浣花舊有亭，在今梵安佛寺中，唐盧求記成都事，言之頗詳。亭廢已久，遇出游，則即其地幪以席幕，爲饌賓之所。既痺且踈，風雨不能庇，饌已撤毀，吏亦以爲勞。予既游而歸，遂飭工度材爲亭，崇博壯顯，彌十旬，圬䅖皆具。案舊興壞，與衆共樂，不可不書其所謂以示來者。（成都文類卷四三）

古柏記

成都諸葛孔明祠古柏，年祀寖遠，喬柯鉅圍，蟠固淩拔，有足異者。杜甫嘗作歌，段文昌亦作文，摹狀瓌奇，人多諳誦。故老相傳及記事者云：自唐季凋瘁，歷王、孟二僞國，蠹槁尤甚，然以祠中樹，無敢剪伐者。皇朝乾德丁卯歲仲夏，枯柯復生，日益敷茂，觀者歎聳，以謂榮枯之變，應時治亂。武侯光靈，如有意於兹者，誠爲異哉！因命工圖寫，備述本末，以貽好事者。自三分訖今，八百餘齡矣。（成都文類卷四六）

進士題名記

蜀自西漢，教化流而文雅盛。相如追肩屈、宋，揚雄參駕孟、荀，其辭其道，皆爲天下之所宗式。故學者相繼，謂與齊魯同俗。然世有治亂，化有隆薄，士之出處貴賤，實繫於此。唐季五代，政紀昏微，斯文與人，幾至墜絶。國家之起，海内統一，堯文舜明，寖昌以大。其設科考士，擢取之多，則前王之所未有。益州自太平興國以來，登進士第者接踵而出。天聖、景祐中，其數益倍。至慶曆六年，一牓得十八人。皇祐元年，得二十四人，他州來學而登第者，復在數外。其盛也如此，豈非世化治隆，人隨而興乎？主學者議建榮名堂於宣聖殿之東北，盡題皇朝及第進士名，刻於石柱，以示來者。予喜聞而遂其請，又爲之序。時皇祐二年五月一日也。（成都文類卷三〇；又見全蜀藝文志卷三六，嘉慶四川通志卷七八，嘉慶華陽縣志卷三九，錦江書院記略）

張尚書寫真後贊并序

九河張公詠，淳化、咸平中，兩被帝選，以全蜀安危付之。時寇孽之餘，民皆傷痍散流，生不自保。軍帥復恃功横鷔，部下剽脇善良，禍甚於寇。公賞戮明果，復以其事密聞於朝。既而易帥旋師，民漸安輯，以至於治，德功茂於蜀表。噫，當救患庇民時，小爲媮合畏顧，則亂未涯也。非賢者處之，何以取濟哉？逮今諱日，遺老善士尚齋集於天慶觀，奠拜畫像之前。公嘗自爲真贊，俾蜀人圖於觀之仙遊閣。其首云：「乖則違衆，崖不利物」，遂自目爲「乖崖」。公雖外示貶損，而内有所激，故卒云「欲明此心，罪之無斁」，此其歸也。世人隨而稱之，豈考其實耶？予恐英聲異績久而湮曖，故作真後贊，并公之自贊刊石觀中，以永蜀人之思。時皇祐元年十二月一日序。

乖不離正，崖弗厲公。名雖自貶，有激於衷。衆隨而稱，孰知其功？敢明公心，以馳無窮。（成都文類卷四八；又見全蜀藝文志卷四八）

皇祐會計録序

在昔冢宰制國用，必度歲之豐寡，謹出入之式法，以馭其用。至通三十年之率，以防不給。其裁節過殺，精密重慎可知也已。古今世遼，兵農殊業，賦貢常入，不足更用，斡計權利，其涂百出。有唐鹽鐵、户部、度支分釐使務，謂之三司，兵禍仍積，邦財匱耗，至用宰相主之，以重其事。明宗乃專立一使，以總其任。國朝又嘗各置使領，事多盭違，無所從禀，故復合而爲一。周官、六典，文昌萬事，過半在於兹矣。以秦、漢言之，則兼大農、少府、將作、水衡之職。以唐、五代言之，則包租庸、地税、户口、國計之名。其寄重憂深，非群司之擬也。國家丕享海内，化際日出，養兵之法，與古不侔。祖宗繼承，募置增衍。康定、慶曆中，夏戎阻命，邊關益戍，釋販舍來，争隸軍籍，校之景德、祥符歲，數幾一倍矣。是以經費日侈，民力屢疲。垂今十五年，未克如舊。加以吏員歲溢，恩廕例繁，冗食待次，不可勝紀。幸上叡聖恭儉，憂民節用，内踈聲玩，外簡遊幸。至於廣内秘殿，裁損渥節，嚴御池囿，率多權廢，不急土木，一切停罷。近詔應不急土木，一切權罷。舊制，禁中歲新户牖欄檻朱緑之飾，去歲傳宣三司，福寧殿等處五年一次修换。金明池檝座龍艦，金碧宏麗，始費不貲，收同請繕飾。上面諭曰：「此實無用，可撤毁之，勿横費也。」臣以斲縷小碎之材，毁無所用，願粗修補，不使壞可也。上從之。其它去奢從儉，德音非一，不可殫也。顓以安邊柔遠、清心息事爲本。征繕或闕，時發内府緡帛以濟之。故計臣得以深自率勵，未罹咎謫，誠爲幸哉！必欲酌祖宗之舊，參制浮冗，以裕斯民，則繫乎巖廊之論，非有司之事也。臣材策闇短，久當大計，雖内自竭盡，而績無最尤。若夫内外之盈虚，出納之慎忽，商貨之通滯，法令之峻遲，朝夕詢求，則不敢懈。先朝權三司使公事丁謂，嘗編景德會計録上之。逮今四紀餘，利害贏虧，變通損益，多非近制矣。臣今略依謂之所述，集成皇祐會計録六卷，一户賦，二課入，三經費，四儲運，五禄賜，六雜記。其出入之數，取一年最中者爲準，精要者采緝之，冗釀者删除之。如謂所録郡縣疆里，復以宫館祠宇附贅其下，此皆不取。至於糧芻運饋，國之大計，故特爲儲運一篇，以補其闕。每卷之首，别爲題辭。今昔之隆污，置廢之是否，庶可見其崖略矣。冒瀆皇覽，伏深戰汗。（皇朝文鑑卷八七；又見古今圖書集成食貨典卷二五四）

内帑策

王者官天下，家六合，風化普暨，孰非王土，經産雜出，悉爲邦賦。故守之以至德，推之以大公，調度所共，皆有藝極，國計之外，不聞私積。周禮：內府受九貢以待邦之大用，外府供百物以待邦之小用。以此，故有內外之異，非天子之私藏也。若或任聚斂之臣，規蘊蓄之厚，雖恭儉之主，嗇用而致，然於德音無所益也。況繼統之君，席有其富，或肆侈靡，以遺患乎？

唐明皇踐阼之初，鋭意於理，躬履儉德，述宣醲化，後之言治者比開元如貞觀。逮乎末年，乃恃泰寧，內縱奢樂。權臣怙寵，巧説媚上，以謂賦税所收則歸之有司，以濟用度；進獻所入，當納於天子，以奉宴私。明皇悦之，遂爲瓊林、大盈之庫。王鉷每歲進錢百億，皆云不出租庸。侵牟黎元，厚餌寇盜。厥後韋皋、李兼、杜亞、劉贊之徒，競爲貢奉，曲祈恩寵。至於裴肅窮賈鬻之利以遷廉察，嚴綬傾軍府之資以拜刑曹，末俗流風，遂而莫禦。陸贄嘗爲德宗備陳其失，可謂切至端嚴之論也。

國家開疆窮朔南，建號侔周、漢，舟車所達，上給中都。而計利之司，稽求繁廣，斫及圭撮，歲求倍蓰。加以鳴社慶辰，升煙大祀，册禮昭縟，容典交修，九州之民無不咸獻其力，四海之內各以其職來祭。裒於公賦，輸之內帑，雖異乎唐室方貢之物，然亦非邦計之羨餘也。往歲軍須不充，計臣致請內出錢帑，謂之假貸，職掌之者，旋復追索。經遠之士，咸以爲非。且王者之於貨財，豈有內外？國家之有天下，豈有公私？使外足而內不足，君孰與不足？私足而公不足，君孰與足？

昔漢文之享御也，施利澤，省繇費，民有餘力，國有滯財。孝武得以因其資，而騁嗜奔欲，翫兵黷武。用既殫費，執不可已，於是桑羊、孔僅之徒專務功，而榷酤、算緡、坐市、販物、鹽鐵鈦趾、株送、補郎之法，流弊於千古矣。嚮非高祖、文帝之德洽著於前，昭帝、霍光之勤休息於後，則生民虛耗，未易集也。

靈帝之世，多蓄私藏，中上方斂諸郡之寶，中御府積天下之繒。民困調繁，且爲導行之費。漢家業衰於此矣。漢室尚爾，矧陳、隋之末世乎？是府庫之積不爲私也章矣。

今縱未能盡出所積以付逌司，亦當視豐凶之年，恤疲羸之俗，去出納之吝，通內外之財。俟乎下民寬饒，大計盈給，然後內於別藏，斂其餘貲，亦不爲過也。抑又聖人大寶曰位，見於易繫；天子不私求財，存乎書法。蓋寶乎位，則它物非足寶；私乎財，則何不爲私？以是而言，所本尤大。若夫心獨捨近謀遠，則無窮之慶及於萬嗣矣。（皇朝文鑑卷一〇二；又見歷代名臣奏議卷二六五，經濟類編卷三八，古今圖書集成食貨典卷七）

奏疏

論攻策七不可奏 慶曆元年二月

臣伏見昨夏竦等爲累奉詔，以師老費財，慮生他變，令早爲經畫，以期平定。故韓琦等入奏，畫攻守二策，以稟聖算。其守策最備，可以施行，不意朝廷便用攻策。今一旦稟命，不敢持兩端，非有夙定之謀，必勝之勢，倉卒牽合，殊無紀律。昔繼遷屢擾邊陲，太宗親部分諸將，五路進討，或遇賊不擊，或戰衄而還。又嘗令白守榮、馬惟忠護送糧餉于靈州，諸將多違詔自奮。浦洛之敗，死者數萬人。今將帥士卒素已懦怯，未甚更練。又知韓琦、尹洙所建之策，恐未皇稟復，臨事進退，有誤大舉。請以事驗之。且行師有期，便須協力。今鄜延路總管司葛懷敏等須索百端，料必不能應副，足以爲辭，此不可者一也。

議者以爲賊嘗併力而來，我嘗分兵以禦，衆寡不敵，多貽敗衄；今若全師大舉，必有成功。此思之未熟爾。夫三軍之命，係於將帥之材智。材有大小，智有遠近。以漢祖之善將，不若淮陰之益辦，況庸人乎？苟徒知大衆可以威敵，而不思將帥之材智，此禍之大者也。兩路之入，十餘萬人，庸將驅之，若爲舒卷。賊若據險設伏，邀截衝擊，首尾前後，勢不相援，則奔潰可憂。今邊臣所共獎者，朱觀、葛懷敏爾。近于鎮戎軍界，劉璠、定川等兩路，西賊境中生聚牛羊皆遷徙遠去，惟空族帳，守者二三百人，輒來抗敵，諸將奔走駭亂，幾不自免。部隊前後不復可齊，兵甲械用大爲攘奪。今兩路齊入，併擊劇賊，若有不利，則邊防莫守，別貽後患。安危之計，決於一舉。此不可者二也。

自西賊叛命以來，雖屢乘機會，然不敢深寇郡縣，以饜其欲者，非算之少也。蓋以中國之大，賢俊之盛，甲兵之衆，未易可測。今我師深入，若無成功，大國威靈，益爲彼輕。況或別墮奸計，以至他虞，此不可者三也。

議者又云，將帥之間雖未足倚，下流勇進，或有其人。自劉平、石元孫陷没，士氣挫怯，未易勇奮。今兵數雖多，疲懦者衆。以庸將驅怯兵，入不測之地，獨近下使臣數輩干賞圖利，欲邀奇功，未見其利。此不可者四也。

議者又云，非欲深絶沙磧，以窮祆巢，但淺入山界，以挫賊氣，如襲白豹城之比。臣謂乘虚襲掠，既不能破戎首，拉凶黨，但殘戮孥弱，以厚怨毒，誠非王師弔伐招徠之體。然事出無策，爲彼之所爲，亦當雷震電逝，往來輕速，以掩其不備。今興師十萬，鼓行而西，賊已巧爲計謀，盛設隄備，清野據險，以待我師，何襲挫之有？此不可者五也。

自其寇邊，人皆知其誅賞明、計數黠。今未有間隙之可窺，而暴爲此舉。計事者但欲決勝於一戰，幸其或有所成，否則願自比王恢以待罪。勇則勇矣，其如國事何！此不可者六也。

昨延州范仲淹奏，乞朝廷開包荒之量，存此一路，令諸將勒兵嚴備。賊至則擊，但未行討伐，容示以恩，意歲時存問，或可招納。令尹洙到延州商量，仲淹堅執前奏，未肯出師。若使涇原一路獨入，則孤軍進退，憂患不淺。今諸處探到事宜，多言昊賊族我師諸路入界，則併兵一處以拒敵，與招來人杜文廣所説一同，此正陷賊計中。此不可者七也。

以臣所見，夏竦、韓琦、尹洙同獻此策，今若奏乞中罷，則是前後自相違異，殊無定算。欲果決進討，則又仲淹執議不同，或失期會。乞召兩府大臣定議，但令嚴設邊備。若更有侵掠，則須出兵邀擊，以摧賊勢。如復怯懦，容賊殺掠，當以軍法從事。或探得賊界謹自守備，不必先有輕舉，恐落奸謀。如此則全威制勝，有功而無患也。然自議攻討以來，賊中呼集醜類，廣爲防守，遷移勞擾，未嘗少安。至今却有通款意，亦不爲無益。至于驢畜軍須之物，虛煩調發，却欲罷兵，亦是事之小者。臨時分擘處置，亦不爲難，所顧者安危大計爾。乞密降朝旨，下總管司。（宋名臣奏議卷一三二；又見續資治通鑑長編卷一三一，宋史卷二九二田況傳，歷代名臣奏議卷二三〇）

兵策十四事奏　慶曆元年五月

一曰：自昊賊弄兵，侵噬西蕃，開拓封境，僭叛之迹，固非朝夕。始于漢界緣邊山險之地三百餘處，修築堡寨，欲以收集老幼，併驅壯健，爲入寇之謀。初貢嫚書，亦未敢擾邊。范雍在延州，屢使王文恩輩先肆侵掠，規貪小利，賊遂激怒其衆，執以爲辭。王師伐叛弔民之體，自此失之。劉謙、高繼嵩等破龐青諸族，任福襲白豹城，皆指爲有大功，無不殺戮老弱以爲首級。彼民皆訴冤於賊，以求復讐。吾民受制遠方，而又使無辜被戮，毒貫人靈，上下文移皆謂之「打擄」，吁，可媿也！或謂國家久不能用兵，將卒未練，欲使趨功鶩利，習於戰鬪爾。然賊界諸處，設備甚謹，屢見打族非利，俘獲無幾，陷没極多。如郝仁禹打瓦娥族，亡三百四人，無所獲。任政打鬧訛堡，亡一百九十三人。秦鳳部署司打隴波族，亡九十六人，各獲首一級。鱗府軍馬司入賊界牽制，亡三百八十八人，斬馘者十八人。其餘大亡小獲，無足言者。以此計之，實傷挫國威，取賊輕侮。自今宜且罷打族，但嚴設守備，以俟賊至，然後别爲之策，以破奸謀。

二曰：自昊賊寇邊，王師屢戰不利，非止人謀不善，抑亦衆寡非敵。近因好水川之敗，士氣愈怯。諸將既没，牙隊之兵，罪皆當斬，朝廷普示含貸，欲爲招集，伸恩屈法，事非獲已。軍中相勸，以退走自全爲得計。陝西雖有兵近二十萬，防戍城寨二百餘處，所留極少。近又欲於鄜延、環慶、涇原三路，各抽減防守駐兵，於鄜、慶、渭三州，大爲屯聚，以備賊至。然今鄜延路有兵六萬六千餘人，環慶路四萬八千餘人，涇原路六萬六千餘人，除留諸城寨外，若逐路盡數那減，屯聚一處，更會合都監、巡檢手下兵，併爲一陣，極不上三二萬人。賊若分衆而來，猶須力決勝負。或昊賊自領十餘萬衆，我以三二萬人當之，其勢固難力制。議者但欲以寡擊衆，幸於偶勝，非萬全策也。夫能以寡擊衆，徼一時之勝者，或得地利，或發奇策，非可恃以爲常。今必敗之形，洞可前照，而恬然坐視，莫知更爲計也。議者又謂賊若併兵而入，則可率它路援兵以禦之。且賊每入寇，既有所得，飈馳霧卷，一夕而去，他路固無所及矣。或謂收保邊民，持重以觀其勢，可擊則擊，不可則已，賊不過破毁民生，因食野積而歸爾。此苟一日之不敗則可也，深慮後患，有異于斯。臣去冬在都下，嘗聞士大夫相與言，謂小羌不足憂。何則？叛命之初，我無邊備，若兵隨檄至，則關中安危未可知，此賊計之失也。自劉平、石元孫陷没，中外震駭，賊長驅而至，誰能當之？此二失也。臣始聞此説，亦誠謂此賊之易與也。今觀其包藏變譎，圖全擇利，乃知所謂失策者，實賊之得計也。且賊之未敢長驅，亦猶我之未可深入，所以然者，主客異勢，進退懷疑，邊防之兵，並出其後，險要之地，或斷其歸，是決成敗于一舉，豈勝算哉！自李士彬被虜，劉平等敗没，延州之境，蕩然一空。日者山外之民，殺掠奔潰，已亡大半，是渭州之境，又漸空矣。料賊今秋或來春，猶且驅劫不已，必使我藩籬盡空，表裏可見，然後攻城破邑，漸謀長驅，則無後顧之患。臣所以謂關中安危漸不可測，願朝廷爲勇斷之計也。斷之勇者，在乎發内帑之財，募陝西、河東强壯之民五七萬人，分屯鄜延、環慶、涇原三路，甫及防秋，則以逐處弓手分番戍守城寨，而參以正兵，每路及五六萬人以上，精加訓練。我軍既衆，其氣自振也。必曰募民兵則衆情不安，增邊戍則大費不贍，此循常拘近之論也。且民兵之法，祖宗所行，迄今軍中，餘老多在，加之出錢選募，非同點差，其中必有樂于效用者。且内帑之積，祖宗本爲用兵，今乃其時也。

三曰：用兵之法，當先有部分。部分進退，權於大將旗鼓，旗鼓常在中軍。自西陲用兵，每戰必敗。好水川之戰，任福實爲大將，而不能指麾統制以爲己任，乃自率一隊前當劇鋒，矢盡勢窮，而後陷没。忠勇之節，雖可嗟憫，然論其才力，止一卒之用。夫部分不明，多則不能辨，少則不能勝，進無所勸，退無所止，一有紛亂，則其勢北矣。欲矯此弊，在乎先求大將之才，峻其威權而尊寵之。如葛懷敏爲鄜延部署，張亢爲鈐轄，當以偏裨之禮奔走麾下，若犯令即當誅之。乃平牒往來，動皆鈞禮。韓琦、范仲淹爲經略安撫副使，葛懷敏見之，禮容極慢。上下姑息，三軍之士何所法耶？夏竦、陳執中以儒臣委西路，不能身當行陣，爲士卒先，至於選擇大將，明立部分，乃其職也。乞朝廷降詔，令更互巡邊，采察邊臣中有材任大將者，特與不次拔擢。其驕怯之將，徒自顧重，不爲國家盡力者，奏罷之，則部分立而功可冀矣。

四曰：自古用兵，未有不由間諜而能破敵者也。昊賊所用諜者，皆厚加賞賂，極其尊寵，故窺我機宜，動必得實。今邊臣所遣刺事人，或臨以官勢，或量與茶綵，只於熟户族帳内，采道路之言，便爲事實，賊情變詐，重成疑惑。今請有入賊界而刺得實者，以錢帛厚賞之。賊將野利剛浪、凌遇乞之徒，皆元昊親信，分廂主兵，俯近漢界，出入從者不過一二人。若能陰募死士，陷胸碎首，是去賊之手足。王沿嘗欲用此策，但朝廷不惜美官重賂，則功豈難圖？

五曰：唐置都護府，掌撫慰諸蕃、征討斥堠，及行賞罰、叙録勳勞。其屬有長史、録事，功、倉、户、法諸曹，得爲開府之盛。國朝承五代之後，事歸邊防。當西陲安輯時，朝廷故無意及此。今昊賊大肆殺掠，緣邊屬户，各顧家族，心生向背。又使奸人恣行誘脅，以此賊勢轉盛，而邊堠無復扞蔽。今新置招撫蕃落司，所謂招撫者，非飲食不足以得其驩，非賞賂不足以回其意，非術變不足以鼓其動，非刑誅不足以制其驕。曩者曹瑋在秦州，誅賞並行，戎落慴伏，比涇原用韓質，秦鳳用張僎，皆韓琦隨行指使，雖各有武勇，至於招撫之術，豈可倚邪？環慶一路屬户，未嘗經賊殘破，部族完整，人堪戰鬬。若綏御有術，可得精兵數萬。請令都署舉官，與王懷端協力招撫，仍只令韓琦、王沿、龐籍、張奎同領之。事之大者，關報都部署司，其餘知州、通判更不兼管。以養正兵萬人一歲之費，爲招撫之具，則事無不濟。自來屬户販鬻青白鹽，以求厚利，今一切禁絶之，欲以困賊。然絶屬户之利，無以資其生。太宗朝鄭文寶言禁青白鹽以困賊遷，可以不戰而屈人兵。詔自陝以西市之者皆坐死。其後犯法者甚衆，戎人乏食，寇鈔邊郡，内屬萬餘帳歸繼遷。命錢若水馳傳視之，因詔盡復舊制，戎人始漸歸附。今日之勢，若厚加招撫，稍寬鹽禁，則屬户無不得其用。議者以邊饋已窘，而又興費不貲，非至計也。且國家通使唃斯囉，欲誘以爲用，賜帛二萬以促其出師，終無實報，是捨屬户近成之效，而信西蕃遠安之言，豈至計耶？自昊賊破犛牛城，築瓦川會，而唃斯囉賚遠竄歷精城，偷安苟息。其子磨氈角、瞎氈自立，皆爲仇敵，尚不能制，矧能爲昊賊輕重邪？溫逋其乃唃斯囉親信，首領之豪，其子一聲金龍有衆萬餘，最爲强盛，乃與昊賊結姻，唃斯囉日益危弱。今欲爲國家用，非臣之所能知也。以是論之，招撫屬户，不猶愈於彼乎？

六曰：環慶路投來蕃部極多，夏竦等懲延安之前失，慮賊馬奔衝，内應爲患，欲遷襄、唐州界，給曠土，使就生業。又皆不肯離住坐，驟加起遣，則戎心動摇，或致生事。若招撫蕃落司得人，令躬至族帳，察其心之向漢者，給緣邊閑田，編於屬户，或度其後必生變者，徙之内地。然恩威裁制，其事百端，苟非權謀，未易集事也。

七曰：蕃落、廣鋭、振武、保捷，皆是土兵，材力伉健，武藝精强，戰鬭常爲士卒先。自昊賊擾邊以來，惟土兵踴躍，志在争功。其如請給甚微，不及東軍之下者。振武料錢五百，而二百五十爲折支，積數月一支，又皆靡弊不堪之物。如新添虎翼兵自南中選填，材質綿弱，自云不知戰鬭，見賊恐死，傳者皆以爲笑，朝廷但塞數爲名而已。若月添土兵請給，事恐難行，請遇特支，比常優加其數，或别定南郊賞例，以激其心，則其立功必不在東軍之後矣。

八曰：沿邊屯戍騎兵，軍額高者無如龍衛。聞其有不能被甲上馬者。況驍勝、雲武、武騎之類，馳走挽弓，不過五六斗，每教射皆望空發箭，馬前一十二步即已墮地。以賊甲之堅，縱使能中，亦不能入，況未能中之？請密料邊兵，益步卒而減騎軍，但五分得一足矣。以一騎軍之費，可贍步兵二人，而又寬市馬之煩擾，違害就利，莫善於兹也。

九曰：西賊每至，諸城寨不料衆寡，並須出戰，稍有稽違，皆以軍法從事。使趙奢、李牧、周亞夫授任於今日，獲罪必先於諸將矣。邊臣甘心死事，猶獲子孫之福，不敢持重伺隙，自取嚴誅。今若遇寇大至，且堅壁以守，須會合諸路兵馬可以取勝，則令出戰，若賊衆不多，而畏怯不即追討，並行誅之。

十曰：主將用兵，非素撫而威臨之，則上下不相附，指令不如意。而西賊首領，各將種落之兵，謂之「一溜」，少長服習，如臂之使指。既成行列，舉手掩口，然後敢食，虜酋長遥見，疑其語言。其整肅如此。昨任福在慶州，蕃漢各已信服，士卒亦已諳練。一旦驟移涇原，適值賊至，麾下隊兵逐急差撥，諸軍將校都不識面，勢不得不陷覆。今請諸路將佐，非大故毋得輕换易，庶幾責其成功。

十一曰：古之良將，以燕犒士卒爲先。所以然者，鋒刃之下，死生俄頃，固宜推盡恩意，以慰其心。李牧備匈奴，市租皆入幕府，爲士卒費。趙充國禦羌戎，亦日饗軍士。太祖用姚内斌、董遵誨抗西戎，何繼筠、李漢超當北寇，各得環、慶、齊、棣一州征租農賦，市牛酒犒軍中，不問其出入。故得戎寇屏息，不敢窺邊。臣前通判江寧府，因造紙甲，得遠年帳籍，見曹彬征江南日，和州逐次起餉猪羊肉數千斤，以給戰士。近范仲淹在延州，奏乞比永興、秦州支米造酒，有司之吝，以爲無例而罷。今請渭、延、慶三州及諸路部署司，並特支米造酒，仍都部署司别給隨軍錢，務令贍足。除軍員外，其餘士卒每一季或因都閲，或值出入，並須量有霑及，以慰勞苦。古者命將出師，閫外之事，無不專制，財糧用度，豈有異同？今主兵主財者皆力敵權鈞，紛然相制，豈國家任人責功之大體耶？

十二曰：工作器用，中國之所長，非戎狄可及。今賊甲皆冷鍛而成，堅滑光瑩，非勁弩可入。自京齎去衣甲皆軟，不足當矢石。以朝廷之事力，中國之伎巧，乃不如一小羌乎？由彼專而精，我漫而略故也。今請下逐處，悉令工匠冷砧打造純鋼甲屬，旋發赴緣邊，先用八九斗力弓試射，以觀透箭深淺賞而罰之。聞太祖朝舊甲絶爲精好，但歲久斷綻。乞且穿貫三五萬聯，均給四路，亦足以禦敵也。

十三曰：今春昊賊寇邊，器械攻城之具，極爲拙鈍，此特緩吾備也。料賊年歲間破盡緣邊籬落，必驅迫漢民屬户，使爲先登，以攻城邑。邊城一有不守，事故可憂。今修築城寨，雖漸完固，其如軍民不知守城次第。請下河北，選守城卒三五人，分諸處指教，繕治器用，大爲之備。賊動必求全，常顧後患。若邊城堅守，攻之不拔，則亦未敢長驅而深入也。

十四曰：昊賊蓄謀歲深，盡更漢法，自作妖書，非恩信可以縻，文令所能動。若非天威震赫，大挫姦鋒，其勢未已。緣邊與賊山界相接，人民繁庶，每來入寇，則科率糧草，多出其間。山界之民，引弓甚勁，與賊爲戰，所謂「步奚」。此皆去賊地遥，向漢甚邇。若承戰勝之氣，賊皆散歸，承其不備，分路進兵而攻取之，抗禦者誅殛，降順者招來，老弱無辜，繫之南徙。其間險要可守之地，則築堅壘以據之。所得土田，給與有功屬户。必不可守，則縱兵破蕩，以弱賊勢。若請命歸朝，則裁割縱捨，制之在我，弭患如此，則邊陲可安矣。（續資治通鑑長編卷一三二；又見宋名臣奏議卷一三二，太平治迹統類卷三〇，太平寶訓政事紀年卷三，九朝編年備要卷一一，群書會元截江網卷一四、一五，歷代名臣奏議卷三二五）

鎮戎等地宜大興營田奏　慶曆元年十一月

鎮戎、原、渭，地方數百里，嘗被西賊寇鈔，無復農作。今竭關中之力，耗都内之錢，纔可贍延州、保安軍糧芻之費，若更供億他路，則邦計危蹙可憂。臣謂宜以賊馬所踐、無人耕種之地，大興營田，以新揀退保捷軍每五百人置一堡，等第補人員，每三兩堡置營田官一員，令以時耕種，農隙則教習武藝，以備戰鬭。今老弱罹殺害，而壯者悉被驅虜，將來縱有歸業，皆家貲蕩然，不能自耕。其田土並官爲收買之，如願復舊地者，以官所種田苗半給之。庶幾農田不荒，而邊計可紓也。（續資治通鑑長編卷一三四）

西夏賀從勗持書入見宜令在館就問奏

西夏遣賀從勗等持書至關，將許入見。自昊賊叛命以來，屢通書。今名分未定，若止稱元昊使人，則從勗未必從；若以僞官進名，則是朝廷自開不臣之禮。宜且令從勗在館而就問之。（續資治通鑑長編卷一四〇）

論好名奏　慶曆三年八月

名者由實而生，非徒好而自至也。堯、舜、三代之君，非好名者，而鴻烈休德倬若日月，不能纖晦者，有實美而然也。設或謙弱自守，不爲恢闊睿明之事，則名從而晦矣，雖欲好之，豈可得耶？方今政令寬弛，百職不修，二虜熾結，凌慢中國。朝廷恫矜下民横罹殺掠，竭瀝膏血，以資繕備，而未免侵軼之憂，故屈就講和，爲翕張予奪之術。自非君臣朝夕恥憤，大有爲以遏後虞，則愈可憂矣。陛下若恐好名而不爲，則非臣之所敢知也。陛下儻奮乾剛，明聽斷，則有英睿之名；行威令，懾姦宄，則有神武之名；斥奢汰，革風俗，則有崇儉之名；澄冗濫，輕會斂，則有廣愛之名；悦亮直，惡諛媚，則有納諫之名；務咨詢，達壅蔽，則有勤政之名；責功實，抑僥倖，則有求治之名。今皆非之而不爲，則天下何所望乎？抑又聞聖賢之道曰名教，忠誼之訓曰名節，此群臣諸儒所以尊輔朝廷，紀綱人倫之大本也。陛下從而非之，則教化微，節義廢，奊詬無耻之徒争進，而勸沮之方不行矣，豈聖王率下之意耶？（續資治通鑑長編卷一四二；又見九朝編年備要卷一二，宋史卷二九二田況傳，歷代名臣奏議卷一。點校者按：全宋文原作「論名奏」，隆平集卷四、東都事略卷七十四田況傳均作「好名論」，故補「好」字。）

乞諫官綴兩省班次奏　慶曆三年八月

臣聞有唐兩省，自諫議大夫至拾遺、補闕，共二十人，每宰相奏事，諫官隨而入，有闕失，即時規正，其實皆中書門下之屬官也。今諫議大夫無復職業，自司諫、正言、知諫院皆遺補之任，而朝廷責其言如大夫之職矣。而地勢不親，位序不正，在朝廷間與衆人同進退，非所以表顯而異其分也。今莞庫冗散之吏，尚赴内朝，豈諫諍之臣，不得日奉朝請？臣前在諫院，每聞一事，皆諸處采問，比及論列，或至後時。今若令諫官得奉内朝，則可以日聞朝廷之事矣。兼王素、歐陽脩、蔡襄皆以他官知諫院，居兩省之職。而不得預其列，於體未便。欲乞今後並令綴兩省班次，所貴名體相稱，副陛下選求之意。（續資治通鑑長編卷一四二；又見宋名臣奏議卷五一，九朝編年備要卷一二，太平治迹統類卷二九，宋會要輯稿職官三之五五，歷代名臣奏議卷一五九）

西夏歲給不可妄增奏　慶曆三年十一月

自冬初，諸路得諜者，皆聲言四界迤邐，遇乞、剛浪崀等諸腹心謀叛賊，事覺被誅，國中大亂。臣竊疑朝廷方遣使議和，賊所希甚大，若心實欲和，則當夸示凶勢，幸我曲從，以厭其私，豈肯詐揚此聲，自見危弱？此其勢實衰，而亟求款附也。若其國人果叛，猶且倔强，妄有干求，不宜過有許予，示四夷以弱。如諜者所得皆詐，則詭謀懷毒，志未可量，雖盡副所求，只是納侮。朝廷既恃和不備，賊羸形伺隙，禍發所忽，昔人所戒。望與二府大臣熟計其事。其歲給不可妄增也。（太平治迹統類卷八，續資治通鑑長編卷一四五）

乞訪問執政專以寇患爲急奏　慶曆四年四月

臣伏以朝廷予契丹金帛歲五十萬，朘削生民，輸將道路，疲弊之勢，漸不可久。而近者西羌通款，歲又予二十萬，設或復肆貪黷，再有規求，朝廷尚可從乎？臣至愚，不當大責，每念至此，則惋嘆不已。矧兩府大臣，皆宗廟社稷、天下生民所望而繫安危者，豈不爲陛下思之哉？每旦垂拱之對，不過目前政事數條而已，非陛下所以待輔臣，非輔臣所以憂朝廷之意也。

有唐故事，肅宗以天下未乂，除正衙奏事外，别開延英以詢訪宰相，蓋旁無侍衛，獻可替否，曲盡討論。今北寇桀慢，而河朔將佐之良愚，甲兵之善窳，道路之夷險，城壘之堅弊，軍政之是否，財糧之多少，在兩府輔臣，實未有知之者。萬一變發所忽，制由中出，少有蹉跌，則事不測矣。如前歲蕭英、劉六符始來，和議未決，中外惶擾，不知爲計，此臣所目覩也。和議既定，又復恬然若無事者，豈得爲安哉？

願因燕閑，召執政大臣於便殿，從容賜坐，訪逮時政，專以寇患爲急，則人人惟恐不知，以誤應對，事事惟恐不集，以孤聖懷，日夕憂思，不敢少懈，同心協力，必有所爲。今不此爲務，而日以委瑣之事，更相辨對，議者羞之。臣叨備近列，實同朝廷休戚，惟陛下不以人廢言也。（宋名臣奏議卷一三四；又見續資治通鑑長編卷一四八，太平治迹統類卷八，宋史卷二九二田況傳，歷代名臣奏議卷三二五）

賜元昊茶不可與大斤奏　慶曆四年五月

近聞西界再遣人赴闕，必是重有邀求。朝廷前許茶五萬斤，如聞朝論欲與大斤，臣計之，乃是二十萬餘斤。兼聞下三司取往年賜元昊大斤茶色號，欲爲則例，臣竊惑之。蓋往年賜與至少，又出於非時，今歲與之，萬數已多，豈得執之爲例？若遂與之，則其悔有三，不可不慮。一則搬輦勞弊，二則茶利歸賊，三則北敵興辭。所謂搬輦勞弊者，自西事以來，鄜延一路，猶苦輸運之患。卞咸在鄜州，欲圖速效，自鄜城、坊州置兵車，運糧至延州，二年之内，兵夫役死凍殍及逃亡九百餘人，凡費糧七萬餘石，錢萬有餘貫，才得糧二十一萬石。道路吁嗟，謂之地獄。今茶數多，輦至保安軍益遠，歲歲如此，人何以堪？議者欲令商旅入中，可以不勞而致。且商旅惟利是嗜，非厚有所得，則誘之不行。廟堂之論，本謂縑貴茶賤，故賜茶五萬斤，以充其數。今計利者謂，若令商旅入中，則一縑之費，未能致茶一大斤。此不得不悔也。所謂茶利歸賊者，臣在延州見王正倫伴送元昊使人，緣路巧意鈎索賊情，乃云本界西北連接諸蕃，以茶數斤，可以博羊一口。今既許於保安、鎮戎軍置榷場，惟茶最爲所欲之物，彼若歲得二十餘萬斤，則榷場更無以博易，此不得不悔也。所謂北敵興辭者，今北敵熳視中國，自欲主盟邊功，苟聞元昊歲得茶二十餘萬斤，豈不動心？若緣此亦有所求，必不肯與元昊等，至時果能以力拒之乎？此不得不悔也。（續資治通鑑長編卷一四九）

乞密令緝捕扇動邊民之奸人奏　慶曆四年八月

保州緣邊人户，多扇言軍賊作亂，將引契丹兵馬入界。以臣所料，必有姦人因欲摇動邊民。乞下緣邊安撫使，密令捕緝，法外施行。（續資治通鑑長編卷一五一；又見宋會要輯稿兵一一之二〇，太平治迹統類卷九）

乞汰冗兵奏　慶曆五年正月

臣竊見比來災咎頻仍，蝗潦繼作，陛下責躬引咎，不遑寧處，以至躬祈道佛，並走群望，薰祓之意，可謂至矣。求當世之弊，驗致災之由，其實役斂重而民愁，和氣傷而爲沴。役斂之重，由國計之日窘；國計之日窘，由冗兵之日蕃。今天下兵已踰百萬，比先朝幾三倍矣。自古以來，坐費衣食，養兵之冗，未有如今日者。雖欲斂不重，民不愁，和氣不傷，災沴不作，不可得也。昔董仲舒、劉向以謂春秋所書螽螟之災，皆政貪賦重之所致。今陝西、河北、河東三路，民力凋弊，人共知之，臣不復言矣。且以江淮之間言之。今江淮菽麥已登矣，而責民輸錢，數斗之費不供一斗之價，物遂大賤而農傷。絹已輸矣，民間貿易無餘，而暴令復下，又配市之。織紝之家寒不庇體，而利盡歸於富賈。累年已來，刻剝不已，民間泉貨已匱竭。其凡百科調，峻法争利，不可勝計。便聞東南之民，大率中産已下，往往絶食。民之愁窘，致傷和氣如此，而未聞陛下與兩府大臣議所以救之之術。乃欲以一爐香、數祝版上塞譴咎，此臣所以不得已而言也。夫國家所養之兵，其上者戰，其下者役，苟不能堪此，則爲冗食。今諸路宣義、廣捷等軍，其間孱弱者甚衆，大不堪戰，小不堪役。

逐處唯欲廣募，邀其賞格，豈復顧國家之利害哉？宜分遣幹臣，選揀諸路宣義、廣捷等軍，其不堪戰者，並降爲厢軍，厢軍之不堪役者，並放停。議者必曰兵驕日久，一旦遽加澄汰，則恐致禍亂。此慮事者之疏也。且孱弱之兵，既不堪戰，則勇强者耻與爲伍。去年韓琦汰邊兵萬餘人，豈聞有爲亂者？今天下財用不足以贍冗食之兵，尚或顧惜細故，而不思救弊之原，臣切憂之。惟陛下裁擇。（宋名臣奏議卷一二〇；又見續資治通鑑長編卷一五四，太平治迹統類卷九，九朝編年備要卷一二，宋史卷一九四兵志八，歷代名臣奏議卷三〇〇，釋氏資鑑卷九）

請令益梓路轉運鈐轄司舉官爲知監押奏　皇祐三年三月

淯井監夷人，連年以圍監城，水陸不通，傷害人命。始因監户負晏州夷人錢，而毆傷斗落妹，致夷衆憤怒，欲來報怨。知瀘州張昭信勸諭，既以聽服，而本監服縶婆然村夷人細令寺，殺長寧州落占等十人，是以激成叛亂。本路及益州路鈐轄司合官軍洎白艻子弟近二萬人援之，戰没者甚衆，兵民飢死者殆千餘人。蓋由本監不得人致此。請自今令轉運、鈐轄司舉官爲知監、監押，代還日特遷一資。（宋會要輯稿蕃夷五之二三；又見續資治通鑑長編卷一七〇、宋史卷四九六。點校者按：全宋文編者忽略了宋會要輯稿這段記載，直接引自今本長編卷一七〇。而今本長編删去「傷害人命」至「是以激成叛亂」一段。今從宋會要輯稿重輯。）

請位王舉正之下奏 皇祐五年十月二日

竊聞閤門定臣立位在觀文殿學士之上。伏緣高若訥曾任樞密使，王舉正官是尚書，與前來張堯佐、丁度立位事體不同，望令臣位舉正之下。（宋會要輯稿儀制三之二三）

交趾所貢異獸有詐奏 嘉祐三年六月

昨南雄州簽判、尚書屯田員外郎齊唐奏，此獸頗與書史所載不同。儻非麒麟，則朝廷殆爲蠻夷所詐。（宋會要輯稿蕃夷七之三〇、續資治通鑑長編卷一八七。點校者按：全宋文題作「南雄州所獻異獸有詐奏」，誤。按長編卷一八七、宋史卷一二仁宗四、卷六六五行四，異獸乃交趾所貢，故改題。又，宋會要輯稿蕃夷七之三〇比續資治通鑑長編卷一八七

記載爲詳，故此處所録，出自宋會要輯稿蕃夷七之三〇）

遺詩

題琴臺

西漢文章世所知，相如閦麗冠當時。遊人不賞凌雲賦，只説琴臺是故基。

（宋程遇孫成都文類卷七）

成都遨樂詩二十一首并序

四方咸傳蜀人好游如無時，予始亦信然之。逮忝命守益，梍轅逾月，即及春遊，每與民共樂，則作一詩以紀其事。自歲元徂冬至，得古律長調短韻共二十一章，其間上元、燈夕、清明、七夕、重九、歲至之類，又皆天下之所共，豈曰無時哉，傳之者過矣。蜀之士君子欲予詩聞於四方，使知其俗，故復序以見懷。

（一）元日登安福寺塔

歲曆起新元，錦里春意早。詰旦會朋寀，群游候騶導。像塔倚中霄，翬檐結重橑。隨俗縱危步，超若落清昊。千里如指掌，萬象可窮討。野闊山勢迴，寒餘林色老。遨賞空閭巷，竭來喧稚耄。人物事多閒，車馬擁行道。顧此歡娛俗，良慰覊遠抱。第憂民政疎，無庸答宸造。

（二）二日出城

初歲二之日，言出東城闉。緹騎隘重郛，淤車坌行塵。原野信滋腴，景物争光新。青疇隱遥壩，弱柳垂芳津。邏卒具威械，祭墦列重茵。俗尚各有時，孝思情則均。歸途喧鼓鐃，聚觀無富貧。坤隅地力挾，百業常苦辛。高微行樂事，何由裕斯民。守侯其勉旃，亦足彰吾仁。

（三）五日州南門蠶市

齊民聚百貨，貿鬻貴及時。乘此耕桑前，以助農績次。物品何其夥，碎瑣皆不遺。編彌列箱莒，飭木柄鎡錤。備用誠爲急，舍器工曷施。名花藴天豔，靈藥昌壽祺。根萌漸開發，纍載相參差。游人銜識賞，善賈求珍奇。予真徇俗者，行觀亦忘疲。日暮宴觴罷，衆皆云適宜。

（四）上元燈夕

予嘗觀四方，無不樂嬉遊。惟兹全蜀區，民物繁它州。春宵寶燈然，錦里香煙浮。連城悉奔騖，千里窮邊陬。裕袢合繡袂，轣轆馳香輈。人聲震雷遠，火樹華星稠。鼓吹匝地喧，月光斜漢流。懽多無永漏，坐久憑高樓。民心感上恩，釋唄歌神猷。齊音祝東北，帝壽長嵩丘。

（五）二十三日聖壽寺前蠶市

龍斷争趨利，仁園敞邃深。經年儲百貨，有意享千金。器用先農事，人聲混樂音。蠶叢故祠在，致祝順民心。

（六）二十八日謁生禄祠遊浄衆寺

千騎出重闉，嚴祠浄宇鄰。映林沽酒旆，迎馬獻花人。豔日披江霧，香飇起路塵。韶華特明媚，不似遠方春。

（七）二月二日遊江會寶歷寺

昔年張復之（自注：詠字也。），來乘寇亂餘。三春雖宴賞，四野猶艱虞。遂移踏青會，登舟恣遊娱。戒備漸解弛，人情悉安舒。垂兹五十年，材哲不敢踰。愚來再更朔，遽及仲春初。綵舵列城隈，畫船滿江隅。輕橈下奔瀨，縱輿臨精廬。因思賢守事，所作民乃孚。慈惠未爲大，大者其忘諸。

（八）八日大慈寺前蠶市

蜀雖云樂土，民勤過四方。寸壤不容隙，僅能充歲糧。閒或容墮孏，曷能備凶痒。所以農桑具，市易時相望。野氓集廣鄽，衆賈趨寶坊。惇本誠急務，戒其靡諐常。兹會良足善，後賢勿忽忘。

（九）寒食出城

郊外融和景，濃於城市中。歌聲留客醉，花意盡春紅。遊人一何樂，歸馭莫忽忽。

（一〇）開西園

春山寒食節，夜雨盡晴天。日氣薰花色，韶光偏錦川。臨流飛鑿盡，倚樹立鞦韆。檻外遊人滿，林間飲帳鮮。衆音方雜遝，餘景更留連。座客無辭醉，芳菲又一年。

（一一）三月三日登學射山

麗日照芳春，良會重元巳。陽濱修祓除，華林程射技。所尚或不同，兹俗亦足喜。門外盛車徒，山半列鄽市。彩堋飛鏑遠，醉席歌聲起。回頭望城郭，煙靄相表裏。秀色滿郊原，遥景落川涘。目倦意猶遠，思餘情未已。登高貴能賦，感物暢幽旨。宜哉賢大夫，由斯見材美。

（一二）九日太慈寺前蠶市

高閣長廊門四開，新晴市井絶纖埃。老農肯信憂民意，又見笙歌入寺來。

（一三）二十一日遊海雲山

春山縹翠一谿清，滿路遊人語笑聲。自愧非才無異績，止隨風俗順民情。

（一四）三月十四日太兹寺建乾元節道場

赤精流景鑠，朱夏向清和。紺宇修祠盛，華封祝慶多。簪裳千載遇，鍾梵五天歌。遠俗尤熙泰，皇猷信不頗。

（一五）乾元節

感帝開鴻緒，薰風正阜生。億年逢景運，萬國贊丕平。瑞靄承龍闕，晨曦啓鳳城。臚賓趨陛城，樂舞備韶英。譯導來珍貢，酺懽洽頌聲。曼齡均慶祝，闓澤慰群情。地有捫參遠，人懷就日誠。願將民共樂，聊以報皇明。

（一六）四月十九日泛浣花溪

浣花溪上春風逡，節物正宜行樂時。十里綺羅青蓋密，萬家歌吹緑楊垂。畫船疊鼓臨芳溆，綵閣凌波泛羽卮。霞景漸曛歸櫂促，滿城懽醉待旌旗。

（一七）伏日會江瀆池

長空赤日真可畏，三庚遇火氣伏藏。温風淟涊鬱不開，流背汗浹思清涼。江瀆祠前有流水，懽注蓄洩爲池塘。沈沈隆廈壓平岸，好樹蔭亞芙蕖香。登舟命酒賓朋集，逃暑大飲宜滿觴。絲竹聒耳非自樂，肆望觀者如堵牆。吾儕未能免俗累，近日頗困炎景長。今晨縱遊不覺暮，形爲外役暑亦忘。豈如高齋滌百慮，危坐自造逍遥鄉。

（一八）七月六日晚登太慈寺閣觀夜市

萬里銀潢貫紫虚，橋邊螭轡待星姝。年年七若從人乞，未省靈恩徧得無。

（一九）七月十八日太慈寺觀施盂蘭盆

飛閣穹隆軼翠煙，盂蘭盛會衆喧闐。且欣酷暑從兹減，漸有涼風快夕眠。

（自注：京洛間俗言過盂蘭盆則暑退。）

（二〇）重陽日州南門藥市

岷峨旁礴天西南，靈滋秀氣中潛含。草木瓌富百藥具，山民采捋知辛甘。成都府門重陽市，遠近湊集争賫擔。市人譎獪亦射利，頗覺良惡相追參。旁觀有叟意氣古，肌面奸黣毛髯髿。賣藥數種人罕識，單衣結縷和陰嵐。成都處士足傳記，勸誡之外多奇談。盛言每歲重陽市，屢有仙迹交塵凡。俗流聞此動非覬，不識妙理徒規貪。惟期幸遇化金述，未有投足栖雲嵓。予於神仙無所求，一離常道非所躭。但喜山民藥貨售，歸助農業增耡芟。

（二一）冬至朝拜天慶觀會太慈寺

景至履佳辰，朝祖著國令。黄宫啓潛萌，紫宇晨蔭映。陽德比君子，吾道實可慶。矧丁皇運亨，遇主堯舜聖。坤維最遠方，拙者此尸政。雅俗舊儒文，民牒少訟争。幸足宣上恩，惟恐盭物性。良時不易得，行樂未爲病。高會縱嬉遊，豐歲愈繁盛。輿衆縣驩欣，寄情於俚詠。

（成都文類卷九）

贈都監雍元規

醒時莫憶醉時事，今日休言昨日非。池上風光宜共醻，勸君不要半酣歸。

潁水

先生嘗此傲明時，緑袖清波萬古奇。應有好名心未息，灘頭洗耳欲人知。

（以上宋高晦叟珍席放談卷下）

寄道士張明真

澹静姿儀簡曠縱，結庵深對大茅峰。坐忘世故愁應少，道斷人情語亦慵。萬里信音憑鶴到，一厨煙火傅猿供。幾時歸侍虚皇駕，七色霞衣九色龍。（元劉大彬茅山志卷二九）

句

曲終甚喜詢前事，自言本是都知子。當時此地最繁華，酒酣不覺恣矜誇。若使斯人解感傷，豈能終老愛琵琶。（贈李琵琶，珍席放談卷下）

丹鳳詔不起，白雲藏更深。（贈張俞，宋王象之輿地紀勝卷一五一成都府路永康軍）

附録四　傳記資料與相關詩文

傳記資料

（宋）范仲淹　范文正公文集

卷十四　太子右衛率府率田公墓誌銘

古稱陰有德於人者，必享厥祥，大厥後。易不云乎：「積善之家，必有餘慶。」所謂「不在其身，在其子孫」者，信矣。

公諱紹方，其先雁門人。曾、高家于冀。自耶律氏熾，得石晉山後八郡，又歲侵兩河間。王考諱某，被遷于盧龍，署之以官，復治産雲中，而貨殖焉。考諱某，能幹父之蠱，其家益顯，娶王氏而生公。

公少稱才武，抱氣重諾，有燕趙之風。義事耶律，得親信左右，常從而南牧。帳下多掠獲漢家士民，俾公尸之，公默計之曰：「漢人，吾曹也，驅之如犬羊，非有罪辜，將孥戮于虜中。」乃縱之，夜亡者千計。此德於人多矣。公亦自負，謂：「大丈夫胡能老于異域哉！考妣既葬，吾其歸歟。」乃匿身草莽，會夜則負斗而奔。既達朝廷，真宗憫然嘉之，補職於三班。以其勇果，屢委軍甲，捕外方寇，所謂巡檢者。至則盜息，民得按堵。

公祥符中主邵之峽口寨，時龍水郡蠻寇大擾，戍兵屢屣。峽口溪洞，亦乘聲嘯聚。一日迫寨，圍而噪之。公戒軍士曰：「我露其勇，彼將整而難破，不如示之怯。士敢先動者，吾以軍法從事。」衆皆肅然聽命。既夜，公自率驍果，突而擊之，斬十餘級。蠻雖衆，曾不能措手足，大駭而奔。自是終公之任，不敢内寇。州將害其功，不以上聞。公曰：「吾自虜還漢，獲從王事足矣，烏敢爲功哉！」

又嘗誨督諸子曰：「吾以漢有聖人之風，故脱身以歸。今教汝詩書，趨聖人之道，使汝輩有立，吾將鼓歌以終天年，豈病其不達耶！」

子況舉進士高第，又舉賢良方正，天子親問當世治亂祥咎，以對第一，乃速進用，四五年間掌西掖書命，爲陝西道宣撫副使。還朝，敷奏稱旨，乃詔寵公以太子右衛率府率，監瓊林苑金明池，以便子養，士大夫榮之。天子以尚憂西陲，命況龍圖閣直學士，出領秦鳳路經略使。公在疾，經略屢求省侍，有詔敦勉，遣中人尚醫診視。公以慶曆五年乙酉孟秋月壬子不起，享年七十有四。上嗟惻之，加賵賻焉。經略累章哀訴，得告奉公之喪。以某年月日，葬于許州陽翟縣某原，禮也。

公性剛直，未嘗曲於人，然明恕少怒。嘗官于閩中，有愛馬，使一卒乘習，遇危橋不下，馬折足而斃。公曰：「卒豈欲是耶？」不復以一言詰之，人皆服其度。

公娶李氏，贈福昌郡君，前十五年而亡。生八男：經略即長子也；次曰淵，有詞業，舉進士，以兄廕補試祕書省校書郎，許州郾城主簿；次曰天護，幼亡；次曰洵，潁上主簿；次曰浹，登進士第，唐州團練推官；次曰洸，太廟齋郎；次曰泳，皆業進士；次小字寶哥，尚幼。三女：長適海州東海令張震，次適辰州理掾高壽，次適鄂州咸寧令張子方，皆以婦道稱于宗族。

某嘗與公會于丹陽，見公氣貌話言，剛而質，毅而恭，使人信而愛之；又與經略之游舊矣，俾序而銘云：

公復其家，去狄而華。公教其嗣，挺國之器。厥後既隆，又壽而終。天子賵焉，大夫弔焉。非積德而胡然！

（宋）王安石　臨川先生文集

卷九十一　太子太傅致仕田公墓誌銘

田氏故京兆人，後遷信都。晉亂，公皇祖太傅入于契丹。景德初，契丹澶州略得數百人以屬皇考太師，太師哀憐之，悉縱去。因自脱歸中國。天子以爲廷臣，積官至太子率府率以終。爲人沉悍篤實，不苟爲笑語。生八男，子多知名，而公爲長子。

公少卓犖有大志，好讀書，書未嘗去手，無所不讀，蓋亦無所不記。其爲文章，得紙筆立成，而閎博辨麗稱天下。初舉進士，賜同學究出身，不就。後數年，遂中甲科。補江寧府觀察推官，以母英國太夫人喪罷去。除喪，補楚州團練判官。用舉者監轉般倉，遷祕書省著作佐郎。又對賢良方正策爲第一，遷太常丞，通判江寧府，數上書言事。

召還，將以爲諫官。方是時，趙元昊反，夏英公、范文正公經略陜西，言臣等才力薄，使事恐不能獨辦，請得田某自佐。以公爲其判官，直集賢院，參都總管軍事。自真宗弭兵，至是且四十年，諸老將盡死，爲吏者不知兵法，師數陷敗，士民震恐。二公隨事鎮撫，其爲世所善，多公計策。大將有欲悉數路兵出擊賊者，朝廷許之矣。公極言其不可，乃止。又言所以治邊者十四事，多聽用。還爲右正言，判三司理欠憑由司、權修起居注，遂知制誥、判國子監。

於是陝西用兵未已，人大困，以公副今宰相樞密副使韓公宣撫。自宣撫歸，判三班院。而河北告兵食闕，又以公往視。而保州兵士殺通判閉城爲亂，又以公爲龍圖閣直學士知成德軍真定府、定州安撫使，往執殺之。論功遷起居舍人，又移秦鳳路都總管、經略安撫使，知秦州。遭太師喪，辭起復者久之，上使中貴人手敕趣公，公不得已，則乞歸葬，然後起。既葬，託邊事求見上，曰：「陛下以孝治天下，方邊鄙無事，朝廷不爲無人。而區區犬馬之心，尚不得自從，臣即死知不瞑矣。」因泫然泣數行下。上視其貌甚瘠，又聞其言，悲之，乃聽終喪。蓋帥臣得終喪，自公始。

服除，以樞密直學士爲涇原路兵馬都總管、經略安撫使，知渭州，遂自尚書禮部郎中，遷右諫議大夫、知成都府，充蜀梓利夔路兵馬鈐轄。西南夷侵邊，公嚴兵憚之，而誘以恩信。即皆稽顙。蜀自王均、李順再亂，遂號爲易動。往者得便宜決事，而多擅殺以爲威，至雖小罪，猶并妻子遷出之蜀，流離顛頓，有以故死者。公拊循教誨兒女子畜其人，至有甚惡然後繩以法。蜀人愛公，以繼張忠定，而謂公所斷治爲未嘗有誤。歲大凶，寬賦減徭，發廪以救之，而無餓者。事聞，賜書奬諭。

遷給事中，以守御史中丞充理檢使召焉。未至，以爲樞密直學士，權三司使。既而又以爲龍圖閣學士、翰林學士，又遷尚書禮部侍郎，正其使號。自景德會計至公，始復鈎考財賦，盡知其出入，於是入多景德矣。歲所出乃或多於入，公以謂厚斂疾費如此，不可以持久。然欲有所掃除，變更興起法度，使百姓得完其蓄積，而縣官亦以有餘。在上與執政所爲，而主計者不能獨任也，故爲皇祐會計録上之，論其故，冀以寤上。上固恃公，欲以爲大臣。居頃之，遂以爲樞密副使。又以檢校太傅充樞密使。公自常選數年，遂任事於時，及在樞密爲之使，又超其正，天下皆以爲宜。顧尚有恨公得之晚者。

公行内修於諸弟尤篤，爲人寬厚長者。與人語，款款若恐不得當其意。至其有所守，人亦不能移也。自江寧歸，宰相私使人招之，公謝不往。及爲諫官，於小事近功有所不言，獨常從容爲上言，爲治大方而已。范文正公等皆士大夫所望，以爲公卿而其位未副，公得閒輒爲上言之，故文正公等未幾皆見用。當是時，上數以天下事責大臣，慨然欲有所爲。蓋其志多自公發。公所設施，事趣可功期成。因能任善不必己出，不爲獨行異言以峙聲名，故功利之在人者多，而事迹可記者止於如此。

嘉祐三年十二月，暴得疾，不能興。上聞悼駭，敕中貴人、太醫問視疾，加損輒以聞。公即辭謝求去位。奏至十四五，猶不許，而公求之不已。乃以爲尚書右丞、觀文殿學士、翰林侍讀學士，提舉景靈宫事。而公求去位終不已。於是，遂以太子少傅致仕。致仕凡五年，疾遂篤，以八年二月乙酉薨于第，享年五十九。號「推誠保德功臣」，階特進，勳上柱國，爵開國京兆郡公，食邑三千五百户，實封八百户。詔贈太子太傅，而賻賜之甚厚。

公諱況，字元均。皇曾祖諱祐，贈太保。皇祖諱行周，贈太傅。皇考諱延昭，贈太師。妻富氏，封永嘉郡夫人，今宰相河南公之女弟也。無男子，以弟之子至安爲主後。女子一人，尚幼。田氏自太師始占其家開封，而葬陽翟，故今以公從太師葬陽翟之三封鄉西吴里。於是公弟右贊善大夫洵來曰：「卜葬公利四月甲午，請所以誌其壙者。」蓋公自佐江寧以至守蜀，在所輒興學，數親臨之，以進諸生。某少也與公弟游，而公所進以爲可教者也。知公爲審。銘曰：

田室於姜，卒如龜祥。後其子孫，曠不世史。於宋繼顯，自公攸始。奮其華蕤，配實之美。乃發帝業，深宏卓煒。乃興佐時，宰飪調䎸。文馴武克，内外隨施。亦有厚仕，孰無衆毁。公獨使彼，若滎豫已。維昔皇考，敢於活人。傳祉在公，不集其身。公又多譽，公宜難老。胡此殆疾，不終壽考。掩詩於幽，爲告永久。

（宋）范純仁　范忠宣公文集

卷十六　太子太保宣簡田公神道碑

惟宣簡公既改葬於河南府壽安縣甘泉鄉之龕澗里，後十有六年，其配永嘉夫人富氏命其子承奉郎旦，以公功行之狀、易名之議、誌壙之銘屬范某曰：「昔先文正公當朝號知人，而吾夫乃所薦進士。及公輔政，吾夫遂居近侍而繼亦大用。周旋歲久，爲志同道合。唯是墓隧之碑，至今無辭以刻。敢以爲請。」某竊惟慶曆、嘉祐之際盛矣，君明臣賢，相與講圖治功。而公以高文大策進預國論，出入要顯，遂總機政。某幼侍先君，熟公之貌。及長，又得公出處終始之大節爲最詳，乃不敢辭。

惟公其先京兆田氏，後徙信都。晉末，契丹略地河朔，以公皇祖太傅北歸，生皇考太師。景德初，契丹寇澶州，以生口數百屬太師。哀之曰：「是皆何罪，而使就死地？」夜悉縱去，乃自拔來歸。朝廷官之，至太子率府率以終。始家開封，而葬陽翟，遂爲開封人。公太師長子也，少有奇志，慨然喜功名。讀書彊記博覽，一經目終身不忘。爲文章秉筆立成，環富雅健，尤長於論事。初舉進士，賜同學究出身，不就。再舉，遂中甲科，補江寧府觀察推官。以母英國太夫人李氏喪罷。服闋，調楚州團練推官，就監轉般倉，改秘書省著作佐郎。舉賢良方正，對策第一，遷太常丞，通判江寧府。上書論時政甚切，賜詔獎諭。

方且以諫官召，會趙元昊反，西邊用兵。夏文莊公、韓忠獻公與先公經略陝右，言公材，請以自佐。乃爲經略判官，直集賢院，參都部署司軍事。時承平久，將不知兵，兵不知戰，每出輒敗衄，人心危懼。其後制宜防患，卒能以計禦賊，公裨益爲多。大將前設攻守二策，又欲專用攻策，悉數路兵出擊賊。已得請，公力言其不可，乃止。又上備邊十四事，多見施用。召還，爲右正言，判三司理欠憑由司，權修起居注，遂知制誥、判國子監。西兵久不解，關陝大困，韓忠獻公以樞密副使出宣撫，而公爲之副使。還，判三班院，又詔公視河北兵食。而保州兵士殺通判，嬰城作亂，即以公爲龍圖閣直學士、知成德軍，真定府路安撫使。公以兵至城下，賊懼，開門自縛。入，誅首惡數十人，遂定。以功遷起居舍人，移秦鳳路兵馬都部署、經略安撫使、知秦州。丁太師憂。是時，邊帥遭親喪，多爲詔奪。公懇辭起復，上又遣中貴人手敕起公，公不得已，請歸葬陽翟，然後還治。既葬，託邊事求見上，曰：「陛下以孝治天下，今朝廷不爲乏人。而螻蟻之志不獲自盡，臣死不瞑矣。」因泣數行下。上聞其言惻然，又視公貌瘠，甚不忍奪其志，乃許終喪。服除，加樞密直學士、涇原路兵馬都部署、經略安撫使，知渭州。轉尚書禮部郎中。

俄遷右諫議大夫、知益州，充益梓利夔路兵馬鈐轄。淯井夷人犯邊，勢且與烏蠻合。公盛兵甲臨之，因遣人招輯，皆惶懼請命。蜀經王均、李順之亂，人易動。先是，許守將以便宜，多專殺立威，雖小罪，或並徙其妻子出蜀。以故，老幼死道路，丁壯逃而爲盜者甚衆。公至，首詢問民間疾苦，視貧弱不能自存者振業之，先教誨，後刑罰，果桀惡然後致之法，蜀人安之。奏減三司市布，增常平歲糴，以備凶歉。蜀大饑，人無莩亡。論者以公治蜀，大略有張忠定公之風。治狀聞，璽書褒諭。

遷給事中，召守御史中丞，充理檢使。未至，復以舊職權三司使，加龍圖閣學士、翰林學士。遷禮部侍郎，遂正充使。天下財賦，自景德中嘗會計，至是公始復鈎考出入虛實之數。蓋歲入多於景德而所出亦倍，公以謂天子恭儉無妄費，而有司用度乃如此，其弊不革，則殫民匱國日益以甚，顧非主計者所得專。則爲皇祐會計録六篇上之，并乞頒示二府，冀人主知其故，而與執政圖之。上覽之嘉歎。未幾，遂以爲樞密副使。天子平日固待公以有爲，及是任事，事無巨細，悉以訪公。公知無不爲，亦言無不從。

嘉祐三年六月，除檢校太傅，充樞密使。故事，大臣進拜多以次遷，公始超其列，人皆知上屬任意篤，不久公且相矣。是年十二月，暴得疾，不能興。上聞惋駭，亟敕太醫診視，中貴候問加損，相望於道。公辭求去位，章凡十五上，猶賜告不許。公意愈堅，乃以爲尚書左丞、觀文殿學士、翰林侍讀學士、提舉景靈宫事。公請不已，於是以太子太保致仕。居數年，疾遂篤，以八年二月乙酉薨於第，享年五十九。詔輟視朝，贈太子太傅，賻卹甚厚。

公仁厚長者，貌稱其心。與人言，諄諄款密，唯恐失其意，而其中有以自守巍如也。友愛諸弟，人無間言。自爲小官，未嘗私謁執政。器宇恢然，常以天下自任，識者知其必至公輔。在諫職，於小事未嘗言，獨引大體啓迪上心。凡欲人主總攬威權，分别賢不肖，抑僥倖，明賞罰，以救時弊。當是時，仁宗鋭意太平，數咨訪大臣以天下事其所興爲，公建明爲多。與富文忠公少相友善，夫人即文忠公女弟也。迨公爲樞密使，而文忠公實爲上相。同時道行，位冠百僚，搢紳不以爲二公榮而相賀，以爲天下福也。公既被疾，下至閭巷，咸戚嗟聽伺，冀公復起，而公竟以疾薨矣。悲夫！

公諱況，字元均。皇曾祖諱某，贈太保。皇祖諱某，贈太傅。皇考諱某，贈太師。無子，以弟之子至安爲嗣。卒，又以至平爲後焉。始，公以嘉祐八年四月葬許州陽翟三封鄉西吴里之先塋居。久之，夫人夢公若平生，以爲水不可居。既而復夢云然。即發壙，公柩果爲水歃。夫人乃自護還洛，而以熙寧七年五月改窆焉。嗚呼！公之神靈，其不昧如是，亦異哉。銘曰：

田氏陰德，由太師積。脱人而死，報不躬獲。克生宣簡，爲時賢臣。其賢維何，於時有陳。秉哲蹈仁，有煜其文。於皇仁宗，俊乂盈朝。發策大庭，公維董、晁。乃司邊畫，荒穢以薅。乃理邦財，公私以饒。遂都廟堂，謀謨樞極。帝曰休哉，維吾夔、稷。文經武服，無施不當。帝疇公勞，方倚爲相。胡以疾嬰，而失民望。士懷致君，所難者時。功多享厚，讒毀或隨。公遭聖明，坦然設施。不終大耋，天實爲之。新宫孔安，壽安之道。刻碑墓隧，來世之考。

（宋）曾鞏　隆平集

卷十一　樞密　田況

田況，字元均，其先京兆人，後徙居信都。石晉之亂，祖行周陷北虜。景德初，敵復内寇，以所略數百人屬其父延昭，悉縱之，因亦遁歸，累官至率府。

況初舉進士，賜同學究出身，不就。天聖八年登進士第，又舉賢良方正科入等，累擢知制誥、龍圖閣直學士、龍圖閣學士、翰林學士，兩爲三司使。至和元年樞密副使，嘉祐三年樞密使，四年以疾免，除尚書左丞、觀文殿學士，以太子少傅致仕。卒年五十九，贈太子太保。無子，以弟之子至安爲後。

初，況從夏竦辟，爲陝西經略判官、參都總管，諸將悉兵擊賊，況極言其不可乃止。又言所以給邊者十四事，多見聽用。在三司，約景德會計録，以今財賦所入多於景德，而其出又多於所入，著爲皇祐會計録上之，冀以悟上，庶更立經制，使民充實而縣官有餘用焉。況之爲人，寬厚明敏，與人若無不可，而非義不可干也。於天下事，小利近功則置而不論，所及必朝廷先務而可以利民者。

有奏議三卷，著好名、朋黨二論。

嘗知成都府，自李順、王均之亂，蜀守皆得便宜從事，雖或小罪，并其家内徙，流離道路，失所者頗衆。況察其非有甚，釋之，又聽斷之明，蜀人以比張詠。

（宋）王稱　東都事略

卷七十　田況傳

田況，字元均。其先京兆人也，後徙居信都。石晉之亂，祖行周陷于契丹。景德初，契丹内寇，以所掠數百人屬其父延昭，悉縱之。因遁歸。官至太子率府率。

況舉進士，又舉賢良方正。爲太常丞，通判江寧府。陝西用兵，從夏竦辟，爲經略判官，擢直集賢院。諸將悉兵擊賊，況極言其不可乃止。又言所以治邊者十四事，仁宗多見聽用。還爲右正言、修起居注、知制誥，陝西宣撫副使，除龍圖閣直學士、知成德軍，徙秦州。進樞密直學士、知渭州，徙益州。自李順、王均之亂，蜀守皆得便宜決事，雖或小罪，并其家内徙，流離道路失所者頗衆。況察其非甚罪，釋之。又聽斷之明，蜀人以比張詠。

遷給事中，召爲御史中丞。未至，復爲樞密直學士、權三司使。既而又以爲龍圖閣學士、翰林學士。況約景德會計録，以今財賦所入多於景德，而其出又多於所入，著爲皇祐會計録上之，冀以悟上。庶更立輕制，使民充實而縣官有餘用也。除禮部侍郎、三司使。至和元年，擢樞密副使。嘉祐二年，拜樞密使，以疾乞免。除尚書左丞、觀文殿學士、兼翰林侍讀學士、提舉景靈宫。遂以太子少傅致仕。卒年五十九，贈太子太保，謚曰宣簡。

況爲人寬厚明敏，與人若無不可，而非義不可干也。於天下事，小利近功則置而勿論，所及必朝廷先務而可以利民者。

嘗著好名、朋黨二論，有奏議三十卷。

（元）宋史

卷二百九十二　田況傳

田況，字元均。其先冀州信都人。晉亂，祖行周没于契丹。父延昭，景德中脱身南歸，性沈鷙，教子甚嚴，累官至太子率府率。況少卓犖有大志，好讀書。舉進士甲科，補江陵府推官，再調楚州判官，遷祕書省著作佐郎。舉賢良方正，改太常丞、通判江寧府。趙元昊反，夏竦經略陝西，辟爲判官。時竦與韓琦、尹洙等畫上攻守二策，朝廷將用攻策，范仲淹議未可出師。況上疏曰：

昔繼遷擾邊，太宗部分諸將五路進討，或遇賊不擊，或戰衄而還。又嘗令白守榮、馬紹忠護送糧餉於靈州，諸將多違詔自奮，浦洛河之敗，死者數萬人。今將帥士卒，素已怯懦，未甚更練。又知韓琦、尹洙同建此策，恐未甚稟服，臨事進退，有誤大舉。其不可一也。

計者以爲賊常併力而來，我常分兵以禦，衆寡不敵，多貽敗衄。今若全師大舉，必有成功。此思之未熟爾。夫三軍之命，繫於將帥。人之才有大小，智有遠近，以漢祖之善將，不若淮陰之益辦，況庸人乎？今徒知大衆可以威敵，而不思將帥之材否，此禍之大者也。兩路之人，衆十餘萬，庸將驅之，若爲舒卷；賊若據險設伏，邀截衝擊，首尾前後，勢不相援，一有不利，則邊防莫守，別貽後患。安危之計，決於一舉。其不可二也。

自西賊叛命以來，雖屢乘機會，然終不敢深寇郡縣，以饜其欲者，非算之少也。直以中國之大，賢俊之盛，甲兵之衆，未易可測。今師深入，若無成功，挫國威靈，爲賊輕侮。或别墮姦計，以致他虞。其不可三也。

計者又云，將帥雖未足倚，下流勇進，或有其人。自劉平、石元孫陷没，士氣挫怯，未能振起。今兵數雖多，疲懦者衆，以庸將驅怯兵，入不測之地，獨其下使臣數輩，干賞蹈利，欲邀其功，未見其利。其不可四也。

計者又云，非欲深絶沙磧，以窮妖巢，但淺入山界，以挫賊氣，如襲白豹城之比。臣謂乘虚襲掠，既不能破戎首、拉凶黨，但殘戮孥弱，以厚怨毒，非王師弔伐招徠之體。然事出無策，爲彼之所爲，亦當霆發雷逝，往來輕速，以掩其不備。今興師十萬，鼓行而西，賊已清野据險以待，我師何襲挫之有？其不可五也。

自元昊寇邊，人皆知其誅賞明、計數黠。今未有間隙可窺，而暴爲興舉，計事者但欲決勝負於一戰。幸其或有所成，否則願自比王恢以待罪。勇則勇矣，如國事何。其不可六也。

昨仲淹奏乞朝廷，敦包荒之量，存鄜延一路。令諸將勒兵嚴備，未行討伐，容示以恩意。歲時之間，或可招納。若使涇原一路獨入，則孤軍進退，憂患不淺。傳聞賊謀，俟我師諸路入界，併兵以敵，此正陷賊計中。其不可七也。

以臣所見，夏竦、韓琦、尹洙同獻此策，今若奏乞中罷，則是自相違異；欲果決進討，則又仲淹執議不同。乞召兩府大臣定議。但令嚴設邊備，若有侵掠，即出兵邀擊；或賊界謹自守備，不必先用輕舉。如此則全威制勝，有功而無患也。

於是罷出師議。

況又言治邊十四事。遷右正言，管勾國子監、判三司理欠憑由司，專供諫職，權修起居注，遂知制誥。嘗面奏事，論及政體，帝頗以好名爲非，意在遵守故常，況退而著論上之。其略曰：

名者由實而生，非徒好而自至也。堯、舜、三代之君，非好名者。而鴻烈休德，倬若日月。不能纖晦者，有實美而然也。設或謙弱自守，不爲恢閎睿明之事，則名從而晦矣。雖欲好之，豈可得耶。

方今政令寬弛，百職不修，二虜熾結，凌慢中國。朝廷恫矜下民横罹殺掠，竭瀝膏血，以資繕備，而未免侵軼之憂。故屈就講和，爲翕張予奪之術。自非君臣朝夕恥僨，大有爲以遏後虞，則勢可憂矣。陛下若恐好名而不爲，則非臣之所敢知也。陛下倘奮乾剛，明聽斷，則有英睿之名；行威令，懾姦宄，則有神武之名；斥奢汰，革風俗，則有崇儉之名；澄冗濫，輕會斂，則有廣愛之名；悦亮直，惡巧媚，則有納諫之名；務咨詢，達壅蔽，則有勤政之名；責功實，抑僥幸，則有求治之名。今皆非之不爲，則天下何所望乎？抑又聖賢之道曰名教，忠誼之訓曰名節，群臣諸儒所以尊輔朝廷，紀綱人倫之大本也。陛下從而非之，則教化微，節義廢，無耻之徒争進，而勸沮之方不行矣，豈聖人率下之意耶。

時邊奏契丹修天德城及多葺堡砦。况意其畜姦謀，乃上疏曰：

朝廷予契丹金帛歲五十萬，朘削生民，輸將道路，疲弊之勢，漸不可久。而近西羌通款，歲又予二十萬，設或復肆貪瀆，再有規求，朝廷尚可從乎？臣至愚，不當大責，每念至此，則惋歎不已。矧兩府大臣，皆宗廟社稷、天下生民所望而繫安危者，豈不爲陛下思之哉？每旦垂拱之對，不過目前政事數條而已，非陛下所以待輔臣，非輔臣所以憂朝廷之意也。

有唐故事，肅宗以天下未乂，除正衙奏事外，别開延英以詢訪宰相，蓋旁無侍衛，獻可替否，曲盡討論。今北敵桀慢，而河朔將佐之良愚，中兵之善窳，道路之夷險，城壘之堅弊，軍政之是否，財糧之多少，在兩府輔臣，實未有知之者。萬一變發所忽，制由中出，少有差跌，則事不測矣。如前歲蕭英、劉六符始來，和議未決，中外惶擾，不知爲計。此臣所目覩也。和議既定，又復恬然若無事者，是豈得爲安哉。

願因燕閑，召執政大臣於便殿，從容賜坐，訪逮時政，專以慮患爲急。則人人惟恐不知以誤應對，事事惟恐不集以孤聖懷，旦夕憂思，不敢少懈，同心協力，必有所爲。今不以此爲務，而日以委瑣之事，更相辨對，議者羞之。臣叨備近列，實係朝廷休戚，惟陛下不以人廢言。

尋爲陝西宣撫副使，還領三班院。保州雲翼軍殺州吏據城叛，詔況處置之。既而除龍圖閣直學士、知成德軍。況督諸將攻，以敕牓招降叛卒二千餘人，阬其構逆者四百二十九人，以功遷起居舍人。徙秦州。丁父憂，詔起復，固辭。又遣内侍持手敕起之，不得已，乞歸葬陽翟。既葬，託邊事求見，泣請終制，仁宗惻然許之。帥臣得終喪自況始。服除，以樞密直學士、尚書禮部郎中知渭州。

遷右諫議大夫、知成都府。蜀自李順、王均再亂，人心易揺，守得便宜決事，多擅殺以爲威，雖小罪，猶並妻子徙出蜀，至有流離死道路者。況至，拊循教誨，非有甚惡不使遷，蜀人尤愛之。

還給事中，召爲御史中丞。既至，權三司使，加龍圖閣學士、翰林學士。況鉤考財賦，盡知其出入，乃約景德會計録，以今財賦所入，多於景德，而歲之所出，又多於所入。因著皇祐會計録上之。以禮部侍郎爲三司使。至和元年，擢樞密副使，遂爲樞密使。以疾，罷爲尚書右丞、觀文殿學士兼翰林侍讀學士、提舉景靈宫，遂以太子少傅致仕。卒，贈太子太保，謚宣簡。

況寬厚明敏，有文武材。與人若無不可，至其所守，人亦不能移也。其論天下事甚多，至併樞密院於中書以一政本，日輪兩制館閣官一員於便殿備訪問，以錫慶院言廣太學，興鎮戎軍、原渭等州營田，汰諸路宣毅、廣捷等冗軍，策元昊勢屈納款，必令盡還延州侵地，毋過許歲幣，并入中青鹽，請戮陝西陷殁主將隨行親兵。其論甚偉，然不盡行也。

有奏議二十卷。

始，契丹寇澶州，略得數百人，以屬其父延昭。延昭哀之，悉縱去，因自脱歸中國。延昭生八男，子多知名，況長子也。保州之役，況阬殺降卒數百人，朝廷壯其決，後大用之。然卒無子，以兄子爲後。

論曰：況有文武才略，言事精暢，然欲懲兵驕，迺阬降卒，弗忌陰禍，惜哉！

(元)脱脱　宋史

卷三百四十五　田晝傳

晝字承君，陽翟人。樞密使況之從子，以任爲校書郎。調磁州録事參軍，知西河縣，有善政，民甚德之。議論慨慷，有前輩風。

與鄒浩以氣節相激勵。元符中，浩爲諫官，晝監京城門，往見浩曰：「平生與君相許者何如，今君爲何官？」浩曰：「上遇群臣，未嘗假以辭色，獨於浩差若相喜。天下事固不勝言，意欲待深相信而後發，貴有益也。」晝然之。既而以病歸許，邸狀報立后，晝謂人曰：「志完不言，可以絶交矣。」浩得罪，晝迎諸塗。浩出涕，晝正色責曰：「使志完隱默官京師，遇寒疾不汗，五日死矣。豈獨嶺海之外能死人哉？願君毋以此舉自滿，士所當爲者，未止此也。」浩茫然自失，歎謝曰：「君之贈我厚矣。」

建中靖國初，入爲大宗正丞。曾布數羅致之，不爲屈，欲與提舉常平官，亦辭。請知淮陽軍，歲大疫，日挾醫問病者藥之，遇疾卒。淮陽人祀以爲土神云。

（宋）章定　名賢氏族言行類稿

卷一七

田況，字元均。其先京兆人也，後徙居信都。舉進士，又舉賢良方正。爲右正言，修起居注，知制誥，陝西宣撫副使。除龍直，知成德軍。徙秦州、渭州、益州，聽斷之明，蜀人以比張詠。召爲中丞，除禮侍。擢樞密副使，以疾除左丞。卒謚宣簡。

（宋）范祖禹　范太史集

卷三十九　永嘉郡夫人富氏墓誌銘　元祐二年七月

太子太保田宣簡公諱況之夫人富氏，河南人。曾祖處謙、祖令荀、考言，皆贈中書令兼尚書令，封鄧、韓、秦三國公。曾祖妣劉氏、祖妣趙氏、妣韓氏，封魯、韓、秦三國太夫人。

夫人之兄韓國文忠公與宣簡公爲布衣交，秦公與太夫人皆奇愛夫人，慎擇可妻者。素器重宣簡公，遂以夫人歸田氏，生十九年矣。時公已登進士第，益務力學，夫人總治內事，不以毫髮累公之勤。已而公舉賢良，對策第一，遂登侍從，位樞密使，而文忠公爲丞相，對居二府。歲時朝謁，夫人與秦國太夫人、嫂周國夫人偕入，世圖之以爲盛事。

宣簡公自樞府以疾謝政，夫人奉養扶持竭其力，凡六年如一日。公薨子幼，夫人葬於潁昌陽翟縣。初，公買第於洛，夫人遂徙家焉。久之，夢公告以居室被水，如是者再三。日夜憂惻，筮之如夢；使相地者視墓，亦協。乃往告而發之，果有水側其柩。夫人臨壙號慟，改葬河南壽安縣甘泉鄉龜澗村。凡再襄事，規畫一出其意，所以奉終之禮無不飭備。春秋躬濯溉執饌，以享田氏之祖考。自以未逮事姑，每奠姑位，容色必戚。退告人曰：「吾恨未嘗一日伸婦禮也。」元豐中，紹修國史，夫人命其子旦以宣簡公奏議、行事、功狀上史官；又命旦編次公文章爲三十卷上之，請藏祕閣。

夫人性莊靜，不妄言笑，御家嚴整有決，閫外敬憚。教子以問學取友，每聞有賢士大夫至，喜見顔色，親視膳飲以進客。文忠公與親族語治家，必以夫人爲法。

元祐二年正月庚辰，薨于西都之第，年七十二。初封德安縣君，累進永嘉郡夫人。無男子，以宣簡公弟之子至安爲後。公薨，至安終太常寺太祝，復以公弟之子旦嗣，今爲承奉郎。女一人，適鄧州順陽令寇仲宣，其三月亦卒。孫男三人：綬，假承務郎；縝，早夭；經，尚幼。旦服喪羸毁，將以七月葬夫人，祔宣簡公墓，使以狀來求銘，其可辭？銘曰：

懿卜妻田，既昌且延。以及夫人，歸其後賢。鵲巢之風，碩人之族。内外顯融，厥聲載肅。惟夫暨兄，對秉樞鈞。象服翟茀，一時三人。宣簡有行，夫人將之。宣簡有文，夫人章之。惟勤惟艱，以立厥家。匪初之勤，其終又嘉。汔于有成，以詒孫子。在後之承，無怠無止。

（宋）歐陽脩　歐陽文忠公集

卷八十　右侍禁田延昭可右内率府率制

敕具官田延昭：爾之子況，乃吾侍從之臣，既不得去吾而從汝，而念汝之老，思得來歸。朕亦嘉汝世陷虜中，能識忠義，自投歸國，致子顯榮。宜有嘉褒，以旌美節。服兹休命，慰子孝心。可。

（宋）宋祁　景文集

卷三十二　賜新除龍圖閣直學士知成德軍府事田況詔

敕田況：省所奏，乞罷龍圖閣直學士，只以舊職知成德軍府事，及有河北經度機密事件，欲乞暫乘遞馬赴闕入見敷奏，事具悉。卿有仲舒之文，翁歸之武，毅然施政，萬夫所觀。故易以近職，殿於大邦，克竚方略，寖擔邊陲。遽露至懷，願仍舊秩。擇才而授，群議所同。往諧官守，毋或勤讓。比又邊臣失御，戍伍即擒。眷惟都會，尤須鎮輯。特躅入覲，便即之藩。當體眷期，益奮忠力。

賜田況讓職不允詔

敕田況：省所奏，蒙恩授起居舍人陳讓，事具悉。向有邊臣無良，戍伍亂挺，殺害官吏，驚騷里閭，懼而歸命，罪乃斯得。卿適往臨撫，善處便宜。蘊夷渠惡，分北支黨，曠然按堵，後無餘災。嘉此成效，已令進秩，何循謙執，乃乞讓還。賞惟值功，朝靡收汗。當祗厥命，方職爾勞。所讓宜不允。故兹詔示，相宜知悉。

（宋）王珪　華陽集

卷三十一　三司使禮部侍郎田況祖行周可贈工部員外郎制

敕：朕承神之尊，以反物始之報，迺己巳景至，帝臨中壇，神靈冥娭，光照紫幄，對越三后，孝心永孚。亦惟爾一二侍從之臣，相祠在下，而霜露之怛，可不慰爾之思？今加襚二廟，厥惟寵數之隆。具官某祖某，風德修潔，行義衡固，懷材弗耀，載世而昌，孝孫維賢，筦我邦計。夫道隆者其爵重，積厚者其澤深。文昌起司，賁以優秩，九原雖邈，不顯其承。可。

田況祖母王氏可追封太原郡太君制

敕：朕惟泰元至尊，所以本萬物之命，無以稱其德。故三歲一祀，以嚴大報之意。朕奉承丕業，躬執瑄幣，以交天神之和，豈非左右畯髦之臣，秉德以陪朕，兹用底於休成？

今予大賚於多方，惟爾祖配之重，庸勿寵褒乎？具官某祖母王氏，柔明惠和，四德兼樹。肅承先祭，法度具修。慶流根本，有孫而顯。宜荒郡壤，以賁封君。幽夢有聞，歆兹靈涣。可。

田況父延昭可贈右神武軍將軍制

敕：朕荷上帝右序，戒懼而不敢康，乃吉巳飭躬齋明，親見太畤。欽惟三后之德，對越在天，孝思感乎，髣髴如接。肆予畢饗，人神祇歡，溥天亡垠，胥蒙祉福。矧吾左右侍臣之良，持國大計，肅雍顯相而有夙夜之勤，夫豈不懷先正之烈乎。具官某父某，器資沈鋭，挺然許國，遭時右文，老於環衛，慶祥回復，實在哲嗣。夫急人之賢者，則必推其世；欲生之榮者，則必澤其亡。進率六軍，以華有列，下泉雖閟，寵數其膺。可。

三司使田況妻富氏翰林學士承旨王拱辰妻薛氏並追封樂安郡君制

敕：朕以歲卜習祥，天元錯事，粢盛蠲吉，璧玉華光。擁神之釐，既已寵侍從之雋；考典之舊，則又旌室家之賢。以爾具官某妻某氏，法度雍和，言容靚順。實生貴緒，而佩結禕之勤；迺儀名門，而飭采蘩之奉。鄉從禁路之陟，已侈郡田之封。越熙禋壇，載烈腴壤。思懋爾止，合乎於休。可。

（宋）胡宿　文恭集

卷二十二　除田況特授檢校太傅充樞密使進封開國公加食邑實封制

門下：本兵近司，參置于使號；經武大柄，允屬于材賢。日圖宣哲之良，用舉正名之典。定自朕志，揚于王庭。具官田況，誠志純深，茂才沖劭，寬栗發乎謨德，博洽本乎多文。策從三道之科，置諸四禁之地，得王臣匪躬之節，有國士無雙之風。參賴敏猷，數當大任，保塞蕩平之略，鎮蜀撫循之勞，明智不疑，淵謀善斷。間亦委之大計，試以周才。迎盤錯以皆虛，彌彰利器；汰精剛而不耗，自表良金。擢典内極之繁，稔聞前箸之畫。一乃心而匪懈，研諸慮以惟微。見于忠精，亶有成績。參圖俊德，升正機庭，仍傅上公，益疇多賦，崇階是陟，異數在兹。於戲！樽俎之謀，遥制于戎落；樞機之地，上法于斗宫。勉慎乃思，以輔予治。

卷二十六　賜觀文殿學士田況乞致仕不允批答

卿素秉忠規，早司樞筦，經營百物，通知四夷。歸以愆和，久兹移疾，交章求解，批諭弗從。尋亮至誠，姑授閒職，庶熙神于事外，得味道于環中，就乃平康，副兹眷矚。何乃遂求挂冕，荐貢奏函？卿雖身災所嬰，而年塗未艾，宜息煩慮，更謁善醫，及此暄辰，早復常膳。

友人書函

（宋）王安石　臨川先生文集

卷七十六　上田正言書

一

正言執事：某五月還家，八月抵官。每欲介西北之郵布一書，道區區之懷，輒以事廢。揚，東南之吭也，舟輿至自汴者，日十百數。因得問汴事與執事息耗甚詳。其間薦紳道執事介然立朝，無所跛倚，甚盛，甚盛！顧猶有疑執事者，雖某亦然。某之學也，執事誨之；進也，執事奬之。執事知某不爲淺矣。有疑焉不以聞，何以償執事之知哉？

初，執事坐殿廡下，對方正策，指斥天下利害，奮不諱忌。且曰：「願陛下行之，無使天下謂制科爲進取一塗耳！」方此時，窺執事意，豈若今所謂舉方正者獵取名位而已哉！蓋曰行其志云爾。

今聯諫官，朝夕耳目天子行事，即一切是非，無不可言者，欲行其志，宜莫若此時。國之疵、民之病亦多矣，執事亦抵職之日久矣。嚮之所謂疵者，今或痤然若不可治矣；嚮之所謂病者，今或痼然若不可起矣。曾未聞執事建一言寤主上也。何嚮者指斥之切而今之疏也？豈嚮之利於言而今之言不利邪？豈不免若今之所謂舉方正者獵取名位而已邪？人之疑執事者以此。

爲執事解者，或曰：「造辟而言，詭辭而出，疏賤之人，奚遽知其微哉？」是不然矣。傳所謂「造辟而言」者，乃其言則不可得而聞也，其言之效，則天下斯見之矣。今國之疵、民之病，有滋而無損焉，烏所謂言之效邪？

復有爲執事解者曰：「蓋造辟而言之矣，如不用何？」是又不然。臣之事君，三諫不從則去之，禮也。執事對策時，常用是著於篇。今言之而不從，亦當不翅三矣。雖惓惓之義，未能自去，孟子不云乎：「有言責者，不得其言則去。」盍亦辭其言責邪？執事不能自免於疑也必矣。

雖堅强之辯，不能爲執事解也。乃如某之愚，則願執事不矜寵利，不憚誅責，一爲天下昌言，以寤主上，起民之病，治國之疵，蹇蹇一心，如對策時。則人之疑不解自判矣。惟執事念之。如其不然，願賜教答。不宣。

二

某聞公卿大夫，才名與寵兼盛於世，必有大功以宜之，否則君子撝之。執事姿略穎然出常士之表，應進士中甲科，舉方正爲第一。將朝車通舉刺史事，又陳善策，得璽書召。名與寵不已兼盛於世邪？所未較著者功爾。

本朝太祖武靖天下，真宗以文持之。今上接祖宗之成，兵不釋翳者蓋數十年，近世無有也。所當設張之具，猶若闕然。重以羌酋梗邊，主上方覽衆策以濟之。天下舉首戴目，願天下屬心執事者難以一二計。爲執事議者曰：「朝廷藉不吾以，宜且自贊以植顯效，疇天下屬己之意。矧上惓惓然命之乎？此固策大功之會也。」抑聞之：「嶢嶢者易缺，皦皦者易汙。」執事才名與寵，可謂易汙、易缺者，必若策大功，適足宜之而已，可無茂邪？

恭惟旦暮輔佐天子秉國事，修所當設張之具，復邊人於安，稱主上所以命之之意，使天下舉首戴目者，盈其願而退，則後世之書，可勝傳哉！董仲舒有是才名，顧不獲此寵；公孫季有此寵，不成此功。有此寵而成此功者，宜在執事，不宜在它。

草鄙之人，不達大誼，辱奬訓之厚，敢不盡愚！

卷七十六　上田正言啓

謝去賓廷，歸安子舍，逮今旋月，惟日想風，會稽考之相仍，顧縢書而不暇。伏況賢哲異稟，神明與休，起居安恬，福履臕厚。恭以某官剛絜不倚，沈深内明，逢時以征，取位如拾，朝所恃賴，士相據依。矧惟甚盛之才，實在可言之職。廟謀中失，物議否臧，有足敷陳，諒無回隱。仰裨大政，取顯官聯，四面所瞻，一心以徯。某早煩教育，晚出薦延，方兹辦裝，不日臨職。趣馳之地，固未有涯；芘賴之心，尚安所適？

（宋）范仲淹　范文正公尺牘

卷下　與田元均正月十八日

某啓：至郟縣見王助教，領元均龍圖所賜教墨並志文三本，不任感刻！且承得請終制，非大孝之節不奪，孰能堅立持於雷霆之際耶？仰服仰服！端居蕭索，惟道可依，日扣聖門，所得多矣。某此去南陽，亦且讀書。涉道貴深，退即自樂，非升沉之可摇也。拜見未期，萬萬加愛。

（宋）尹洙　河南先生文集

卷十　答鎮州田元均龍圖書一首

向聞處置保塞事何其精也！兵久驕，遂至殺害守將。若又貸之，則無復法制矣。明公行此一事，使主威復立，雖四夷之功無以易此。甚善甚善！

近聞京師以微過多斥善士，蔡君謨、石守道相次外補，未知其然。去年來朝廷凡所更置，亦有所存雖高而事不下接者。自非聖人，未能無過。至於進用皆天下賢士，大抵治平之漸也。聖上聰明，任人不疑。而奸人忌賢醜正，務快己意。其不思如此。今勢尚微，恐其漸熾，所斥不止於蔡、石也。某豈私於數君哉，所慮者譏。勝賢絀則國家憂患，豈止於四夷哉？

方今言爲上所信且重者，無如元均，願深留意。蓋疎遠之謀雖陳，懼其不見聽也。范公既有西撫之行，富公何故久留於外耶？某久不作京師書，亦不喜輒議時事。數日聞此，憤悒不已。會得明公書，因以盡道所懷，幸賜體亮。

(宋)歐陽脩　文忠集

卷十八　與田元均論財計書

脩啓:承有國計之命,朝野忻然。引首西望,近審已至闕下。道路勞止,寢味多休。弊乏之餘,諒煩精慮。建利害、更法制甚易,若欲其必行而無沮改,則實難;裁冗長、塞僥倖非難,然欲其能久而無怨謗,則不易。爲大計,既遲久而莫待;收細碎,又無益而徒勞。凡相知爲元均慮者,多如此說,不審以爲如何?但日冀公私蒙福爾。春暄,千萬爲國自厚。不宣。脩再拜。

(宋)蘇洵　嘉祐集

卷十一　上田樞密書

天之所以與我者,夫豈偶然哉?堯不得以與丹朱,舜不得以與商均,而瞽叟不得奪諸舜。發於其心，出於其言，見於其事，確乎其不可易也。聖人不得以與人，父不得奪諸其子，於此見天之所以與我者不偶然也。

夫其所以與我者，必有以用我也。我知之不得行之，不以告人，天固用之，我實置之，其名曰棄天；自卑以求幸其言，自小以求用其道，天之所以與我者何如，而我如此也，其名曰褻天。棄天，我之罪也；褻天，亦我之罪也。不棄不褻，而人不我用，非我之罪也，其名曰逆天。然則棄天、褻天者其責在我，逆天者其責在人。在我者，吾將盡吾力之所能爲者，以塞夫天之所以與我之意，而求免乎天下後世之譏。在人者，吾何知焉？吾求免夫一身之責之不暇，而暇爲人憂乎哉？

孔子、孟軻之不遇，老於道塗而不倦不慍、不怍不沮者，夫固知夫責之所在也。衛靈、魯哀、齊宣、梁惠之徒之不足相與以有爲也，我亦知之矣，抑將盡吾心焉耳。吾心之不盡，吾恐天下後世無以責夫衛靈、魯哀、齊宣、梁惠之徒，而彼亦將有以辭其責也。然則孔子、孟軻之目將不瞑於地下矣。

夫聖人賢人之用心也固如此，如此而生，如此而死，如此而貧賤，如此而富貴，升而爲天，沉而爲淵，流而爲川，止而爲山，彼不預吾事，吾事畢矣。竊怪夫後之賢者之不能自處其身也，飢寒窮困之不勝而號於人。嗚呼！使其誠死於飢寒窮困邪，則天下後世之責將必有在，彼其身之責不自任以爲憂，而我取而加之吾身，不已過乎？

今洵之不肖，何敢以自列於聖賢。然其心亦有所不甚自輕者。何則？天下之學者，孰不欲一蹴而造聖人之域，然及其不成也，求一言之幾乎道而不可得也。千金之子，可以貧人，可以富人。非天之所與，雖以貧人富人之權，求一言之幾乎道，不可得也。天子之宰相，可以生人，可以殺人。非天之所與，雖以生人殺人之權，求一言之幾乎道，不可得也。今洵用力於聖人賢人之術亦已久矣。其言語、其文章，雖不識其果可以有用於今而傳於後與否，獨怪其得之之不勞。方其致思於心也，若或起之；得之心而書之紙也，若或相之。夫豈無一言之幾乎道？千金之子，天子之宰相，求而不得者，一旦在已，故其心得以自負，或者天其亦有以與我也。

曩者見執事於益州，當時之文，淺狹可笑，飢寒窮困亂其心，而聲律記問又從而破壞其體，不足觀也已。數年來退居山野，自分永棄，與世俗日疎闊，得以大肆其力於文章。詩人之優柔，騷人之精深，孟、韓之温淳，遷、固之雄剛，孫、吴之簡切，投之所嚮，無不如意。常以爲董生得聖人之經，其失也流而爲迂；鼂錯得聖人之權，其失也流而爲詐。有二子之才而不流者，其惟賈生乎！惜乎今之世，愚未見其人也。作策二道曰審勢、審敵，作書十篇曰權書。

洵有山田一頃，非凶歲可以無飢，力耕而節用，亦足以自老。不肖之身不足惜，而天之所與者不忍棄，且不敢褻也。執事之名滿天下，天下之士用與不用在執事。故敢以所謂策二道、權書十篇者爲獻。平生之文，遠不可多致，有洪範論、史論七篇，近以獻内翰歐陽公。度執事與之朝夕相從，而議天下之事，則斯文也其亦庶乎得陳於前矣。若夫其言之可用與其身之可貴與否者，執事事也，執事責也，於洵何有哉？

友人贈詩

（宋）宋祁　景文集

卷五　正言田學士況書言上庠祭酒廳北軒予所種竹滋茂

昔承上庠乏，蒔竹北堂軒。飭吏勤浸灌，冉冉榮孤根。日晏到官下，對賞忘塵喧。海月影宵吧，天風籟晨顛。去年主人斥，負謗爲淮藩。後來異好尚，欲諉不敢宣。何幸覯時哲，乃加封殖恩。千里走書驛，語竹遥相存。不才好冷局，異日期歸旋。千萬屏剪伐，勿令狐願言。

（宋）歐陽脩　文忠集

卷十一　寄秦州田元均

由來邊將用儒臣，坐以威名撫漢軍。萬馬不嘶聽號令，諸番無事著耕耘。夢回夜帳聞羌笛，詩就高樓對隴雲。莫忘鎮陽遺愛在，北潭桃李正氛氲。

（宋）蘇洵　嘉祐集

卷十一　上田待制

日落長安道，大野渺荒荒。吁嗟秦皇帝，安得不富强。山大地脉厚，小民十尺長。耕田破萬頃，一稔粟柱梁。少年事游俠，皆可荷弩槍。勇力不自驕，頗能啖乾糧。天意此有謂，故使連西羌。古人遭邊患，累累鬬兩剛。方今正似此，猛士强如狼。跨馬負弓矢，走不擇澗岡。脱甲森不顧，袒裼搏敵場。嗟彼誰治此，踧踧不敢當。當之負重責，無成不朝王。田侯本儒生，武略今洸洸。右手握麈尾，指揮據胡牀。郡國遠浩浩，邊鄙有積倉。秦境古何在，秦人多戰傷。此事久不報，此時將何償。得此報天子，爲侯歌之章。

（宋）胡宿　文恭集

卷五　送益州運使田學士

劍棧秋旗拂過鴻，行臺西去撫蠶叢。民間幼艾餐和氣，徼外酋豪偃德風。巴漢静歸籌筆内，岷峨閒入畫圖中。時平幕府無留事，樂職何妨頌聖功。

宋人所載遺事

（宋）歐陽脩　歸田録

卷二

嘉祐二年樞密使田公況罷爲尚書右丞、觀文殿學士兼翰林侍讀學士。罷樞密使當降麻，而止以制除。蓋往時高若訥罷樞密使，所除官職正與田公同，亦不降麻，遂以爲故事。

京師諸司庫務，皆由三司舉官監當。而權貴之家子弟親戚，因緣請託，不可勝數，爲三司使者常以爲患。田元均爲人寬厚長者，其在三司，深厭干請者，雖不能從，然不欲峻拒之，每温顔强笑以遣之。嘗謂人曰：「作三司使數年，强笑多矣，直笑得面似靴皮。」士大夫聞者傳以爲笑，然皆服其德量也。

（宋）張邦基　墨莊漫録

卷八

先是保州屯兵閉城叛，命田況、李昭亮等討之，不克，卒招降之。既開城，況等推究反者二千餘人，投於八井，又其次二千餘人，不殺，分隸河北諸州。

（宋）司馬光　涑水記聞

卷三

慶曆五年正月一日，見任兩制以上官……龍圖閣直學士……田況居憂。

（宋）范鎮　東齋記事

卷一

嘉祐中，交趾貢麒麟二，予嘗於殿廷中與觀，狀如水牛，身披肉甲，鼻端一角，食生芻果瓜。每飼之，必先以杖擊其角，然後食之。是時，中外言非麟者衆。田元均況爲樞密使，言非麟，又歷引諸書所載形狀，皆無此獸，恐爲遠人所欺。卒以爲異獸。詔答之。

卷四

田元均密諫況，寬厚明辨，其治成都最爲有聲。有訴訟，其懦弱不能自伸者，必委曲問之，莫不盡得其情，故決遣未嘗少誤，蜀人謂之「照天蠟燭」。

（宋）邵伯温　邵氏聞見録

卷十八

（富弼曰：）吾年二十八登科方娶。嘗白先公先夫人，未第決不娶，弟妹當先嫁娶之。故田氏妹先嫁元鈞也。

（宋）江休復　鄰幾雜志

田元鈞狹而長，魚軒，富彦國女弟，闊而短。在館中，石曼卿目之爲「龜鶴夫妻」。

（宋）王珪　華陽集

卷四十七　夏文莊公竦神道碑

始，樞密使田況嘗從公幕府，及公薨，以謂公有王佐之藴，而不及施信矣。

（宋）程顥、程頤　二程集

卷九　記蜀守

成都人稱近時鎮蜀之善者，莫如田元均。文潞公語不善者，必曰蔣堂、程戡。故謠言曰：「彥博虧虧猶言不如也。田況，程戡勝蔣堂。」言最善之中田更優，不善之中程猶差勝也。

（宋）王闢之　澠水燕談録

卷四　忠孝

自唐末用兵，文臣給、舍以上，武臣刺史以上喪父母者，急于國事，以義斷哀，往往以墨縗從事。既輟哀，則莅事如故，號曰起復。國朝襲唐制不改，論者以時無金革，士大夫解官終制可也。

慶曆中，田元均帥秦鳳，喪其父，奏乞解官終喪，仁宗累將手詔，又遣中使勉諭。元均既葬，託邊事求見上，曰：「陛下以孝治天下，方邊隅無事，而區區犬馬之心不得自從。」因泣下。上視其貌瘠，乃許終喪。其後，富公以宰相丁母憂，仁宗詔數下，竟終喪乃起。蓋大臣終喪自二公始。

（宋）江少虞　宋朝事實類苑

卷二十三　官政治績

田況移守成都，其在蜀，治尚和易，法去苛細，獎進儒素，禁戢姦暴，以德化人，人不忍欺。時謂張乖崖之明，王文康之平，程文簡之肅，韓忠獻之愛，公皆兼而有之。入爲三司使，金穀利害，纖悉罔不備舉。時有副使不甚曉事，京師號爲皮燈毬。以況處事通明，號爲照天蠟燭。議者謂三司使自陳恕、李士衡之後，惟況爲稱職也。本朝名臣傳。

（宋）朱熹　三朝名臣言行録

卷一　丞相魏國韓忠獻王琦

公至關陝，以兵數雖多而雜以疲弱耗用度，選禁軍不堪征戰者停放一萬二千餘人。後田況乞選諸路軍不堪戰者爲廂軍，云：「若謂兵驕久，一旦澄汰，恐致亂。則去年韓琦汰邊兵萬餘人，豈聞有爲亂者哉？」家傳

（宋）李攸　宋朝事實

卷十五　財用

皇祐三年二月三日，三司使田況奏：「自天聖元年，薛田擘劃，興置益州交子，至今累有臣僚，講求利害，乞行廢罷。然以行用既久，卒難改更。兼自秦州兩次借卻交子六十萬

貫，並無見錢椿管，只是虚行刷印，發往秦州。入中糧草，今來散在民間，轉用艱阻，已是壞卻元法，爲弊至深。轉運司雖收積餘錢撥還，更五七年，未得了當。卻勒第十三界，書造交子，兑換行用，憑虚無信，一至于此。乞今後更不許秦州借支。」奉聖旨依奏。

蘇轍民賦序曰：「……僥倖一興，税役皆弊，故丁謂之記景德，田況之記皇祐，皆以均税爲言矣。」

卷十六　兵刑

張昷之爲河北都轉運使，保州界河巡檢兵士，常以中貴人領之，與使州抗衡，多齟齬不相平，州常下之。其士卒驕悍，糧賜優厚，雖不出巡徼，常廩口食。通判石待舉以爲虚費，申轉運司罷之。士卒怨怒，遂作亂。殺知州、通判等，懸其首于木上，每旦射之，箭不能容，則拔去更射。推都監爲主，不從則以槍刺之洞心，刃出于背。又脅監押韋貴，貴曰「若必能用吾言，乃可。」衆許之，遂立貴爲主。貴稍以言諭之，令勿動倉庫及妄殺人，且説之以歸順朝廷，衆頗聽之。會朝廷遣知制誥田況齎詔諭之，況遣人于城下，遥與賊語，出詔示之，賊終狐疑不聽。稍近城則射之，不能得其要領。有殿直者，徑踰壕詣城下，謂賊曰：「我班行也，汝下索我，就汝語。」賊乃下索，即授之登城，謂賊曰：「我班行也，豈不自愛？苟非誠信，肯至此乎？朝廷知汝非樂爲亂，由官吏遇汝不以理，使汝至此。今赦汝罪，又以禄秩賞汝，使兩制大臣奉詔書來諭汝，尚疑之，豈有詔書而不信耶？兩制大臣而爲妄誕耶？」詞氣雄辯，賊皆相顧動色，曰：「果如此，更使一二人登城。」即復下索，召其所知數人登城，于是信之，争投兵，下城降。即日開門，大軍入，收一指揮坑之，餘皆勿問。加閤門祗候。

仁宗平保州雲翼叛軍。慶曆四年八月壬寅，降敕榜招安保州叛軍。又詔保州兵亂，本路見領兵甲捉殺，慮恐北界緣邊人户驚疑，可令知雄州王德基牒報之。蔡襄言：「保州兵士閉城爲亂，殺黨中懦兵十餘人，指爲首惡，以要朝廷招安，臣與臣脩臣甫已有論列，欲令知定州王果引兵隨招榜入城，盡行誅戮，不聞施行。竊以天下内外之兵，百有餘萬，苟無誅殺決行之令，必開驕慢叛亂之源。今州兵殺官吏閉城門，從而招之，使傳于四方，明朝廷有畏衆不殺之意，官司有觸事畏忌之勢，則姦何憚而不爲。議者若謂今日北戎妄生釁端，不可便于極邊之地，張皇其事，爲敵人所窺，是不知制兵之權，而昧威戎之略也。夫以中國爲夷狄所輕者，本由朝廷威令不行。今以勁兵入城，誅一二千叛卒，以絶天下禍亂之萌，而敵人咫尺，必將竦動，安慮其見窺乎？況事機不可失，惟陛下特發睿斷而行之。」

丙辰，田況言：「保州緣邊人户，多煽言軍賊作亂，將引契丹軍馬入界，以臣所料，必有姦人因欲摇動邊民。乞下沿邊安撫使，密令緝捕，法外施行，從之。」又言：「保州累有人縋城不得，其造逆不肯開城門，軍士雲翼左第九指揮一十一人，招收第三指揮一十一人，第四指揮一十人，姓名已令用牀子弩射箭，射入城中。告示韋貴，若能設畫擒戮得叛人，則當優遷官資。如軍中人能自相殺併一人以上，並與軍員高排；三兩人，則不次擢之。」丁巳，命内侍武繼隆齎赦敕赴保州招安，令田況、李昭亮、劉涣、楊懷敏相度。如已開門，即更不以赦敕示之。

（宋）司馬光稽古録

卷二十

（慶曆四年）八月甲午，保州雲翼軍士殺知州通判，奉都監韋貴爲主，乘城拒守。命田況招諭，且發旁近兵討之。甲寅，城中兵皆出降，況阬其難存者四百餘人。

附録五　題跋與著録

明雁里子柄識明寫本卷末

儒林公議一帙，計五十餘葉，未知作者爲誰，臨其前後印章以伺識者。嘉靖壬辰孟春良日玉泉子允升録於萬竹山房。

右儒林公議一卷，宋太子少傅田況元均撰。元均當慶曆初，以言兵遇，自陝西經略判官遷右正言，管勾國子監，權修起居注，遂加制誥。四年甲申，保州軍殺長吏叛，元均處置平之，以功遷官。既丁父憂，乞終制。以直學士知渭州，遷諫議大夫，知成都。終於樞密使。是書之作，當在守蜀之際，故卷末稍記蜀事。其少仕時，當元昊之叛，受經略夏竦辟，爲判官，從事西陲，多所匡贊，故卷中多記元昊事，議多在竦。如韓、尹議攻，元均嘗上疏極論，竦不出師，元均蓋有以贊之；卷中不自言上疏，而但云竦不甚主。元均可謂善則稱人，功必歸上者矣。作私史如此，可以爲法。昆山俞階父乃謂此書未知誰作，或未考耳。

嘉靖庚戌季夏雁里子柄識。

清胡珽跋明抄本卷首

田況儒林公議，向無刻本。李燾長編考異、王明清揮麈後録咸引其書。勝國時稗海刻本分作兩卷，嘗取以校對，不逮此本遠甚。如「康定初元昊擾邊」條後，脱去「契丹耶律」一條，「張詠當太祖（按，應爲「宗」）朝」條與「李漢超將勁兵五千」條互有錯簡，又脱去「吕蒙正居宰弼」至「太宗嘗困久旱」共五條文，「張詠在白士間」條與「張詠所臨之郡」條互有錯簡，又「唐莊宗遺郭崇韜」條下，脱去「其族」至「蕃漢都總」共八十二字。其外脱字脱句不可枚舉。又跋後兩篇，皆稗海所無。噫，校勘不工，不如不刻，藉非得此善本，何由正彼訛誤？足征恬裕主人收藏之精矣。咸豐九年三月胡珽跋。

明抄本半葉十四行廿二字，不分卷。

傅增湘跋稗海本卷末

辛酉大雪節校於吴閶客邸，原本爲明人寫本，藍格，半葉九行二十字，不分上下卷。前時自天一閣流出，歸於蔣氏密韻樓。余從孟蘋假得之，脱文誤字補正不可勝計，爲之愉快不已。藏園主人。

近日天氣和煦，亟思爲天平虎阜之遊，而孟嘉久滯竹西不至，爲之悒悒。沅叔附志。

明祁承㸁澹生堂藏書目

卷四　史類第九　雜史

儒林公議

二卷，續稗海本。

明趙用賢趙定宇書目

楊升菴書集目録　内府板書

儒林公議一本抄

清黄虞稷千頃堂書目

卷十二　小説類

儒林公議二卷

清佚名四明天一閣藏書目録

地字號　廚

儒林公議一本抄

清范邦甸等天一閣書目

卷三之二　子部二　小説類

儒林公議二卷　藍絲蘭鈔本　宋田況撰

清朱彝尊竹垞行笈書目

人字號

儒林公議一本

清錢謙益絳雲樓書目

卷二　子部　小説類

儒林公議田宣簡公況

清丁立中八千卷樓書目

卷十四　子部　小説家類

儒林公議一卷宋田況撰　百川本　學津討原本

清丁日昌持静齋書目

卷三　子部十二　小説家類

儒林公議二卷稗海刊本　宋田況撰

清張鈞衡適園藏書志

卷九　小説類

儒林公議一卷茶夢室鈔本

宋田況撰。况，字元均。元均當慶曆初，以言兵遇，自陜西經略判官遷右正言、管勾國子監、權修起居注，遂知制誥。四年甲申，保州軍殺長吏叛，元均處置平之，以功遷官。既丁父憂，乞終，制以直學士知渭州，遷諫議大夫，知成都，終於樞密使。是書之作，當在守蜀之際，故卷末稍記蜀事。收藏有「姚印」、「舜咨茶夢散人」兩白方印。

清永瑢四庫全書總目

卷一四〇　子部　小説家類一

儒林公議二卷内府藏本

宋田況撰。況，字元均，其先京兆人，徙居信都。舉進士，又舉賢良方正，爲太常丞，辟陝西經略判官，入爲右正言。歷帥秦、蜀，擢樞密使，以觀文殿學士提舉景靈宫卒。事迹具宋史本傳。所著有奏議三十卷，久佚不傳。是編記建隆以迄慶曆朝廷政事，及士大夫行履得失甚詳，五代十國時事亦間附以一二條，蓋雜録而成。故前後多未詮次，其記入閣會議諸條，明悉掌故，皆足備讀史之參稽，其持論亦皆平允。東都事略稱況嘗作好名、朋黨二論，極以爲戒。而是編内范仲淹、歐陽脩諸條，亦拳拳於黨禍所自起，無標榜門户之私，「公議」之名，可云無忝矣。又況曾爲夏竦幕僚，好水川之役，況上疏極論之。竦不出師，盡用況之策。書中雖於竦多恕詞，而於富弼諸人竦所深嫉者，仍揄揚其美，絶無黨同伐異之見，其心術醇正，亦不可及。蓋北宋盛時，去古未遠，儒者猶存直道，不以愛憎爲是非也。此本末有嘉靖庚戌陽里子柄一跋，不知何許人，論此書頗詳，今仍録存之。商濬刻稗海，以此跋爲宋無名氏作，殊爲疎舛，今據舊本改正焉。

四庫全書書前提要

子部十二　小説家類

臣等謹案：儒林公議一卷，宋田況撰。況，字元均，其先京兆人，徙居新都。況舉進士，又舉賢良方正，爲太常丞，辟陝西經略判官，入爲右正言，歷帥秦、蜀，擢樞密使，以觀文殿學士提舉景靈宫卒，事迹具宋史本傳。所著有奏議三十卷，久佚不傳。是編乃記建隆以迄慶曆朝廷政事，及士大夫行履得失甚詳。五代十國時事亦間附一二條，蓋雜録而成，故前後多未詮次。其中議論，亦有沿世俗之見，隨聲附和，不能悉當于正理者，而大致尚屬公平。其紀入閣會議諸條明晰掌故，皆足爲讀史者參稽互證之助。東都事略稱況嘗作好名、朋黨二論，極以爲戒，而是編内於范仲淹、歐陽脩諸條，亦拳拳致意于黨禍之所自起，其識見正大，尤爲不易幾及。至況曾爲夏竦幕僚，好水川之役，況上疏極論之，竦不出師，蓋用況之策。故書中於竦多恕詞，而於竦所惡之富弼諸人，仍極口揄揚，絶無黨同伐異之見，亦可以見其直道也。乾隆四十六年十一月恭校上。

清莫友芝撰，傅增湘訂補藏園訂補郘亭知見傳本書目

卷十一上　子部十二　小説家類

儒林公議二卷　宋田況撰　明嘉靖庚戌刊本　稗海本

補：明萬曆商氏半埜堂刊本，九行二十字，白口，四周單欄。余曾據蔣氏密韻樓藏明范氏天一閣舊藏明寫本校。

（清）永瑢四庫全書簡明目録

卷十四　子部十二　小説家類

儒林公議二卷

宋田況撰。所記建隆以迄慶曆朝廷政令、士大夫言行甚詳，亦間及五代十國時事。

持論平允，不以恩怨親疏爲是非。

明王圻續文獻通考

卷一百七十九　經籍考　子部　小説家上

田況儒林公議二卷

況，字元均，其先京兆人，徙居信都。舉進士，又舉賢良方正，累官樞密使，以觀文殿學士提舉景靈宫卒。臣等謹案：是篇記太祖建隆以迄仁宗慶曆朝廷政事，及士大夫行履得失甚詳，五代十國時事亦間附焉。

清邵懿辰撰，邵章續録增訂四庫簡明目録標注

卷十四　子部十二　小説家類

儒林公議二卷　宋田況撰

稗海本　許氏有舊鈔本

［續録］明嘉靖庚戌刊本

清朱學勤編撰，朱修伯批本四庫簡明目録

卷十四　子部十二　小説家類

儒林公議二卷　宋田況撰

稗海本

中國叢書綜録

史部　雜史類　宋

儒林公議二卷

稗海（萬曆本，康熙重編補刊本、乾隆修補重訂本）第八函

四庫全書　子部　小説家類

筆記小説大觀第七輯

叢書集成初編　文學類

　儒林公議一卷

説郛（宛委山堂本）

五朝小説　宋人百家小説偏録家

五朝小説大觀　宋人百家小説偏録家

　儒林公議

説郛（商務印書館本）卷二十

儒林公議一則

舊小説（民國本，一九五七年本）丁集

中國古籍善本書目

子部　雜家類

儒林公議二卷

宋田況撰　明萬曆商濬刻稗海本　傅增湘校並跋

儒林公議一卷

宋田況撰　明抄本　清胡珽跋

李裕民四庫提要訂誤(增訂本)

卷三　子部　小説家類一三六　儒林公議

提要卷一四〇頁一一八九：宋田況撰……事迹具宋史本傳，所著有奏議三十卷，久佚不傳。

按：宋史卷二九二田況傳：「有奏議二十卷。」與提要卷數不同。藝文志作田況文集三十卷，與提要卷數雖同而書名有異。

提要又曰：是編記建隆以迄慶曆朝廷政事及士大夫行履得失甚詳，五代十國時事亦間附以一二條。

按：是編最晚記至皇祐初（一〇四九），見卷下武侯祠柏條。所記五代十國時事凡六條，均見卷下。

參考書目

（宋）李燾續資治通鑑長編，中華書局點校本，二〇〇四年。

（宋）袁説友成都文類，中華書局整理本，二〇一一年。

（宋）范仲淹范文正公文集，北京圖書館出版社影印宋刻本，二〇〇五年。

（宋）范仲淹范文正公尺牘，北京圖書館出版社影印元天曆至正間歲寒堂刻本，二〇〇五年。

（宋）王安石臨川先生文集，四部叢刊本。

（宋）曾鞏隆平集，中華書局校證本，二〇一二年。

（宋）章定名賢氏族言行類稿，文淵閣四庫全書本。

（宋）歐陽脩歐陽文忠公集，北京圖書館出版社影印宋慶元刻本，二〇〇五年。

（宋）歐陽脩歐陽脩詩文集，上海古籍出版社校箋本，二〇〇九年。

（宋）歐陽脩歸田録，中華書局點校本，一九八一年。

（宋）蘇洵嘉祐集，北京圖書館出版社影印宋刻本，二〇〇四年。

（宋）尹洙河南先生文集，綫裝書局宋集珍本叢刊影印明成化九年刻本，二〇〇四年。
（宋）宋祁景文集，文淵閣四庫全書本。
（宋）蔡襄宋端明殿學士蔡忠惠公文集，綫裝書局宋集珍本叢刊影印清雍正刻本，二〇〇四年。
（宋）胡宿文恭集，文淵閣四庫全書本。
（宋）王珪華陽集，武英殿聚珍本。
（宋）司馬光稽古録，北京大學出版社點校本，一九八八年。
（宋）强至祠部集，文淵閣四庫全書本。
（宋）吕陶淨德集，武英殿聚珍本。
（宋）程顥、程頤二程集，中華書局點校本，二〇〇四年。
（宋）范純仁范忠宣公文集，綫裝書局宋集珍本叢刊影印元刻明修本，二〇〇四年。
（宋）王稱東都事略，臺北文海出版社宋史資料萃編影印清刻本，一九六七年。
（宋）杜大珪名臣碑傳琬琰集，臺北文海出版社宋史資料萃編影印清同治刻本，一九六七年。
（宋）王闢之澠水燕談録，中華書局點校本，一九八一年。

（宋）江少虞宋朝事實類苑，上海古籍出版社點校本，一九八一年。
（宋）朱熹三朝名臣言行録，北京圖書館出版社影印宋淳熙刻本，二〇〇三年。
（宋）李攸宋朝事實，中華書局重印本，一九九五年。
（元）脱脱等宋史，中華書局點校本。
（明）楊慎全蜀藝文志，文淵閣四庫全書本。
（明）傅振商蜀藻幽勝録，明刻本。
（明）祁承㸁澹生堂藏書目，中華書局宋元明清書目題跋叢刊影印清光緒刻本，二〇〇六年。
（明）趙用賢趙定宇書目，中華書局宋元明清書目題跋叢刊影印清初鈔本，二〇〇六年。
（清）王昶金石萃編，清同治刻本。
（清）丁傳靖宋人軼事彙編，中華書局點校本，二〇〇三年。
（清）王梓材等宋元學案補遺，中華書局點校本，二〇一二年。
（清）厲鶚宋詩紀事，上海古籍出版社點校本，一九八三年。
（清）徐松輯宋會要輯稿，中華書局影印本，一九五七年。
（清）佚名四明天一閣藏書目録，中華書局宋元明清書目題跋叢刊影印清宣統刻本，二〇〇六年。

(清)范邦甸等天一閣書目,上海古籍出版社點校本,二〇一〇年。

(清)朱彝尊竹垞行笈書目,上海古籍出版社點校本,二〇一〇年。

(清)錢謙益絳雲樓書目,粤雅堂叢書本。

(清)丁立中八千卷樓書目,中國書店海王邨古籍書目題跋叢刊影印聚珍本,二〇〇七年。

(清)丁日昌持静齋書目,四部叢刊本。

(清)張鈞衡適園藏書志,中國書店海王邨古籍書目題跋叢刊影印適園刻本,二〇〇七年。

四庫全書上海古籍出版社影印文淵閣本。

(清)黄虞稷千頃堂書目,上海古籍出版社整理本,二〇〇一年。

(清)永瑢四庫全書總目,中華書局影印本,一九六五年。

(清)莫友芝撰、傅增湘訂補藏園訂補郘亭知見傳本書目,中華書局整理本,一九九三年。

(清)永瑢等四庫全書簡明目録,華東師範大學出版社點校本,二〇一二年。

（清）邵懿辰撰、邵章續録增訂四庫簡明目録標注，上海古籍出版社，一九五九年。
（清）朱學勤標注朱修伯批本四庫簡明目録，北京圖書館出版社，二〇〇一年。
許聞淵編宋田樞密使況年譜，臺灣商務印書館，一九八八年。
上海圖書館編中國叢書綜録，上海古籍出版社，一九八二年。
中國古籍善本書目編委會編中國古籍善本書目，上海古籍出版社，一九九八年。
李裕民四庫提要訂誤（增訂本），中華書局，二〇〇五年。

唐宋史料筆記叢刊　書目

隋唐嘉話　朝野僉載

〔唐〕劉餗　〔唐〕張鷟

明皇雜録　東觀奏記

〔唐〕鄭處誨　〔唐〕裴庭裕

大唐新語

〔唐〕劉肅

唐語林校證

〔宋〕王讜

東齋記事　春明退朝録

〔宋〕范鎮　〔宋〕宋敏求

澠水燕談録　歸田録

〔宋〕王闢之　〔宋〕歐陽脩

龍川略志　龍川別志

〔宋〕蘇轍

東坡志林

〔宋〕蘇軾

默記　燕翼詒謀録

〔宋〕王銍　〔宋〕王林

涑水記聞

〔宋〕司馬光

東軒筆録

〔宋〕魏泰

青箱雜記

〔宋〕吴處厚

齊東野語

〔宋〕周密

癸辛雜識

〔宋〕周密

邵氏聞見録

〔宋〕邵伯温

邵氏聞見後録

〔宋〕邵博

程史
〔宋〕岳珂

游宦紀聞　舊聞證誤
〔宋〕張世南　〔宋〕李心傳

鐵圍山叢談
〔宋〕蔡絛

四朝聞見録
〔宋〕葉紹翁

春渚紀聞
〔宋〕何薳

蘆浦筆記
〔宋〕劉昌詩

鶴林玉露
〔宋〕羅大經

湘山野録　續録　玉壺清話
〔宋〕文瑩

泊宅編
〔宋〕方勺

老學庵筆記
〔宋〕陸游

西溪叢語　家世舊聞
〔宋〕姚寬　〔宋〕陸游

石林燕語
〔宋〕葉夢得　〔宋〕宇文紹奕考异

雲麓漫鈔
〔宋〕趙彦衛

鷄肋編
〔宋〕莊綽

清波雜志校注
〔宋〕周煇

建炎以來朝野雜記
〔宋〕李心傳

麟臺故事校證

〔宋〕程俱

師友談記　曲洧舊聞　西塘集耆舊續聞

〔宋〕李廌　〔宋〕朱弁　〔宋〕陳鵠

墨莊漫録　過庭録　可書

〔宋〕張邦基　〔宋〕范公偁　〔宋〕張知甫

侯鯖録　墨客揮犀　續墨客揮犀

〔宋〕趙令畤　〔宋〕彭□輯

北夢瑣言

〔五代〕孫光憲

南部新書

〔宋〕錢易

范成大筆記六種

〔宋〕范成大

容齋隨筆

〔宋〕洪邁

封氏聞見記校注

〔唐〕封演

開元天寶遺事　安禄山事迹

〔五代〕王仁裕　〔唐〕姚汝能

朝野類要

〔宋〕趙升

後山談叢　萍洲可談

〔宋〕陳師道　〔宋〕朱彧

愛日齋叢抄　浩然齋雅談　隨隱漫録

〔宋〕葉寘　〔宋〕周密　〔宋〕陳世崇

蘇氏演義（外三種）

〔唐〕蘇鶚　〔五代〕馬縞　〔唐〕李匡文

〔唐〕李涪

教坊記（外三種）

〔唐〕崔令欽　〔唐〕李德裕　〔唐〕鄭綮

〔唐〕段安節

丁晉公談録（外三種）

〔宋〕潘汝士　〔宋〕夷門君玉

〔宋〕孫升口述　〔宋〕劉延世筆録

〔宋〕孔平仲

奉天録（外三種）

〔唐〕趙元一　〔唐〕佚名　〔南唐〕尉遲偓

〔南唐〕劉崇遠

靖康緗素雜記

〔宋〕黄朝英

夢溪筆談

〔宋〕沈括

愧郯録

〔宋〕岳珂

錢塘遺事校箋考原

〔宋〕劉一清

曾公遺録

〔宋〕曾布

儒林公議

〔宋〕田況

雲溪友議校箋

〔唐〕范攄

嬾真子録校釋

〔宋〕馬永卿

王文正公筆録

〔宋〕王曾

王文正公遺事　清虚雜著三編

〔宋〕王素　〔宋〕王鞏

酉陽雜俎

〔唐〕段成式

新輯實賓録

〔宋〕馬永易

志雅堂雜鈔　雲煙過眼録　澄懷録

〔宋〕周密

大唐傳載（外三種）

不著撰人　〔唐〕張固　〔唐〕李濬　〔唐〕李綽

劉賓客嘉話録

〔唐〕韋絢

唐國史補校注

〔唐〕李肇

唐摭言校證

〔五代〕王定保

賓退録

〔宋〕趙與旹

北户録校箋

〔唐〕段公路　〔唐〕崔龜圖